剑桥流水

英伦学术游记

刘兵 著

中国科学技术出版社
·北京·

图书再版编目（CIP）数据

剑桥流水：英伦学术游记：全一册 / 刘兵著；刘兵摄影．
——北京：中国科学技术出版社，2015.10
　ISBN 978-7-5046-6845-5

Ⅰ．①剑⋯ Ⅱ．①刘⋯ Ⅲ．①游记－作品集－中国－当代 Ⅳ．① I267.4

中国版本图书馆CIP数据核字（2015）第135356号

策划编辑	杨虚杰
责任编辑	胡　怡　赵慧娟
封面设计	高俊虹　宋春阳
版式设计	高俊虹　宋春阳
责任校对	杨京华
责任印制	马宇晨

出　版	中国科学技术出版社
发　行	科学普及出版社发行部
地　址	北京市海淀区中关村南大街16号
邮　编	100081
发行电话	010-62103130
传　真	010-62179148
投稿电话	010-62176522
网　址	http://www.cspbooks.com.cn

开　本	710mm×1000mm 1/16
字　数	168千字
印　张	15
版　次	2015年10月第1版
印　次	2015年10月第1次印刷
印　刷	北京金彩印刷有限公司
书　号	ISBN 978-7-5046-6845-5/I · 13
定　价	48.00元

（凡购买本社图书，如有缺页、倒页、脱页者，本社发行部负责调换）

弗罗斯特罗小镇

The Ripples of thinking in Cambridge

目录 CONTACT

序

―――――― 剑桥随想 ――――――

两场演出 … 2
剑桥书店里的讲座 … 8
墓地里的名人 … 14
墓地里的名人（续） … 26
在剑桥听讲座 … 34
两门课程 … 44
剑桥的鸟 … 54
剑桥的果园 … 62
三一学院的教堂与图书馆 … 70
新老卡文迪什实验室 … 82
挂单剑桥"中国庙" … 92

走出剑桥

大英博物馆点滴	106
福尔摩斯博物馆	114
格林尼治天文台	126
两个科学史博物馆	138
展览中的环保	146
伦敦科学博物馆中的历史展览	156
美术馆中的科学	172
弗罗斯特罗之行	184
考文垂半日游	192

| 附 录 |

剑桥遇刘兵 —— 204
原版后记 —— 213
中国台湾版自序 —— 217
新版后记 —— 222

伦敦公园的白天鹅

序

莫弗特（John Moffett）
英国剑桥东亚科学史图书馆馆长

在此书初版问世之后的 10 多年中，刘兵教授的《剑桥流水》是我们图书馆被最多借阅的图书之一。对此我并不惊讶。刘教授以一种迷人和优雅的风格，罕见地将博学、无尽的好奇心和向广大受众热情地传播他的想法的能力结合起来。所有这些品质在这本书中都表现得非常明显，我很高兴地看到此书的新版即将出版。

与刘教授 12 年前访问剑桥相比，这里现在变化很大。源于大学成功而迅速发展的高技术产业（尤其是在软件、电子和生物技术领域）以及这座城镇与伦敦的邻近，意味着人口的迅速膨胀。在城镇的周边许多新建筑拔地而起，就在离我所坐之处不远的地方，大学正在建设一个全新的校园，这是这所大学历史上最大的规划项目。与此同时，这座历史名城的中心地区全年人满为患，行人与车辆挤成一团。不过，也有更多的景物依然如同他所描述的那样。各学院的宁静和美丽，学院里古老的草坪和旧式的庭院，一直连到剑河，剑河中的天鹅、野鹅和野鸭游弋于慢悠悠穿行的荡舟者周围。100 多所图书馆的大门依然向渴望知识的学者们敞开着，在学期当中，大学的各系、学院和研究所每天都提供着学术的盛宴，以满足那些甚至最为晦涩的学术兴趣。传统、创新和适应结合在一起，保持了一种文化的活力。

刘教授在剑桥期间作为根据地的李约瑟研究所依然繁荣，它刚刚任命了自己的第四任所长，是一位中国人，他为将中国和英国的人民和文化更紧密地联接在一起扮演关键性的角色。在这一成功之中，一个重要的因素，就是得到了像刘教授这样的学者们的参与和支持。

亲爱的读者们：在未来的许多年中你们仍然可以享受对此书的阅读，你们仍然有机会来访问在此书中被描述得如此动人的那许多让人陶醉而又美丽的地方。

2015 年 6 月

剑桥随想

两场演出

剑桥的文化活动异常丰富。在这座城市里，除了几家放映商业电影和艺术电影的电影院之外，还有若干家剧院，各种专业与业余的演出连续不断。有常规意义上的演出，比如说，在这里我曾看了莎士比亚的《哈姆雷特》和《马克白斯》，看过威尔第的歌剧《托斯卡》等，水平确实很高，却也觉得正常。

倒是在这里看的两场由业余演员表演的戏剧，虽不是很规范但却很有特色。

其一是由剑桥大学天文协会演出的《伽利略：真实的故事》。有关伽利略这位近代科学的重要奠基者的文学艺术作品已经很多很多了，例如，20世纪戏剧大师布莱希特撰写的经典名作《伽利略传》就是典型的代表，其影响是非常深远的。据说还有关于伽利略的电影，在剑桥的朋友说不久前曾看过，可惜我没有赶上。当然，从科学史研究的角度来说，看看有关伽利略的演出，也是很有意义而且颇有吸引力的事。《伽利略：真实的故事》是一部音乐剧，据知情者说，它的作者摩尔是一位很有名

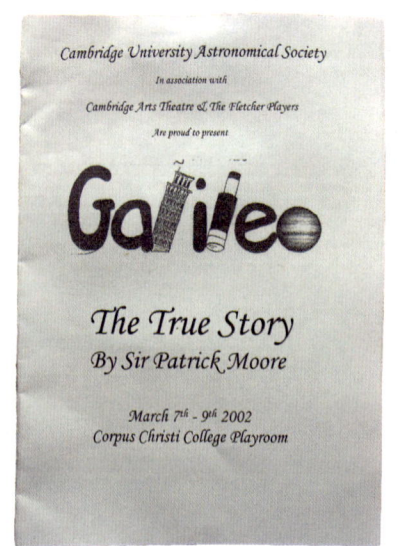

音乐剧《伽利略：真实的故事》戏票

音乐剧《伽利略：真实的故事》节目单

的作家和业余天文学家。其演员，显然都是业余的，估计主要是剑桥大学各学院中参加了天文协会的学生吧。

这部戏剧的广告颇有些宣传的意味："我们都知道伽利略被教会所迫害，并被迫收回他关于地球绕着太阳转的理论。我们都错了！这部戏剧告诉你有关历史上最伟大的科学家之一伽利略的真实的故事。"剧作者在他的说明中，也讲到他曾看过布莱希特的《伽利略传》。而后，他自己又通过梵蒂冈的朋友找到一些以前被教会隐藏的文件，于是得知，伽利略不仅仅是因为运动的地球的理论而受到谴责，而且是因为他掌握了一个秘密，如果把这个秘密公开于世，将会损害主教本人的权威。其实，真正看了戏之后，人们会发现，与后来科学史的研究相比，剧作者并没有爆出什么真正的大冷门。整部戏确实是围绕着伽利略利用望远镜得出的发现及对哥白尼日心说的支持以及这些行动与教会的矛盾展开，并且把教会中人事的矛盾和纠葛与伽利略遇到的问题联系在一起。如果从严格的科学史的眼光来看，这部戏中还有些大可争议的问题，例如把本有争议的比萨斜塔实验也置于其中，当然，从剧情安排上来讲倒是恰到好处。但无论如何，除去这些在史实上的细节问题，这部音乐剧非常好看。

像许多通俗的音乐剧一样，这部戏也充满了笑料。例如，当伽利略把望远镜（在

|……| 话剧《毕加索在跳兔酒吧》节目单

剑桥附近的小城伊利（Ely）的大教堂中彩色玻璃博物馆中的一件展品

这一点上，与布莱希特一样，剧作家特意突出了伽利略把望远镜说成是自己发明的这一细节）展示给主教，让主教用它去看天上的星星时，主教的兴趣倒不在天上，而是常常乘伽利略不注意时，调转方向，去看邻居的大腿，如此等等。音乐也非常流畅、动听。看看现场的观众，几乎都是很兴奋、享受的样子。至少对于普通观众，无论是从其对伽利略的科学发现过程的宣传和普及方面，还是仅仅就以科学史为内容而让人获得艺术享受来说，这部音乐剧都可以说是非常成功的。一个佐证就是，这部戏只演三场，后来我听一位朋友说，他本想去看最后一场，结果临时到剧场却没有买到票——居然是全场爆满！

霍金办公室的门

一天后，又有朋友相邀，去看另一场戏——由剑桥大学沃尔夫森学院的戏剧协会演出的话剧《毕加索在跳兔酒吧》，这次是免费的。虽说是业余演员，演技却非常出色。与音乐剧《伽利略》相比，这部话剧稍显严肃，但其中也不乏轻松逗笑之处，只是语言上难了一些。剧情也同样不算复杂，剧作者虚构了一个场景：1904年的10月，在巴黎的一家有几十年历史的酒吧里，物理学家爱因斯坦和画家毕加索相遇，当然，也还有许多其他陪衬人物。在当时，爱因斯坦还没发表其狭义相对论，而毕加索则正在其"蓝色阶段"。但这一想象的相遇为未来物理学与艺术的根本性变化做了铺垫。在他们的相遇和交谈中，彼此间甚至有所启发，像对毕加索后来的立体主义概念以及像对爱因斯坦在相对论中的时空的概念等方面的启发，当然，这也只是一种虚构。后来，另一位剧作者认为重要的人物也登上了舞台，这就是美国流行歌手猫王。作者通过这种虚构，几乎是在为20世纪的重大变化做一次事后的总结——它通过剧中人物之口说出来，更像是一种预言，只不过剧作者选择的是他认为最有代表性的领域的代表——物理学、绘画与音乐。当然，在一个绝对不拥挤的小剧场里，一边品着葡萄酒，一边观看演出，也确实是一种难得的休闲与享受，何况，其背后的文化背景又是如此复杂，不管能够理解多少，也没有人会去考你。

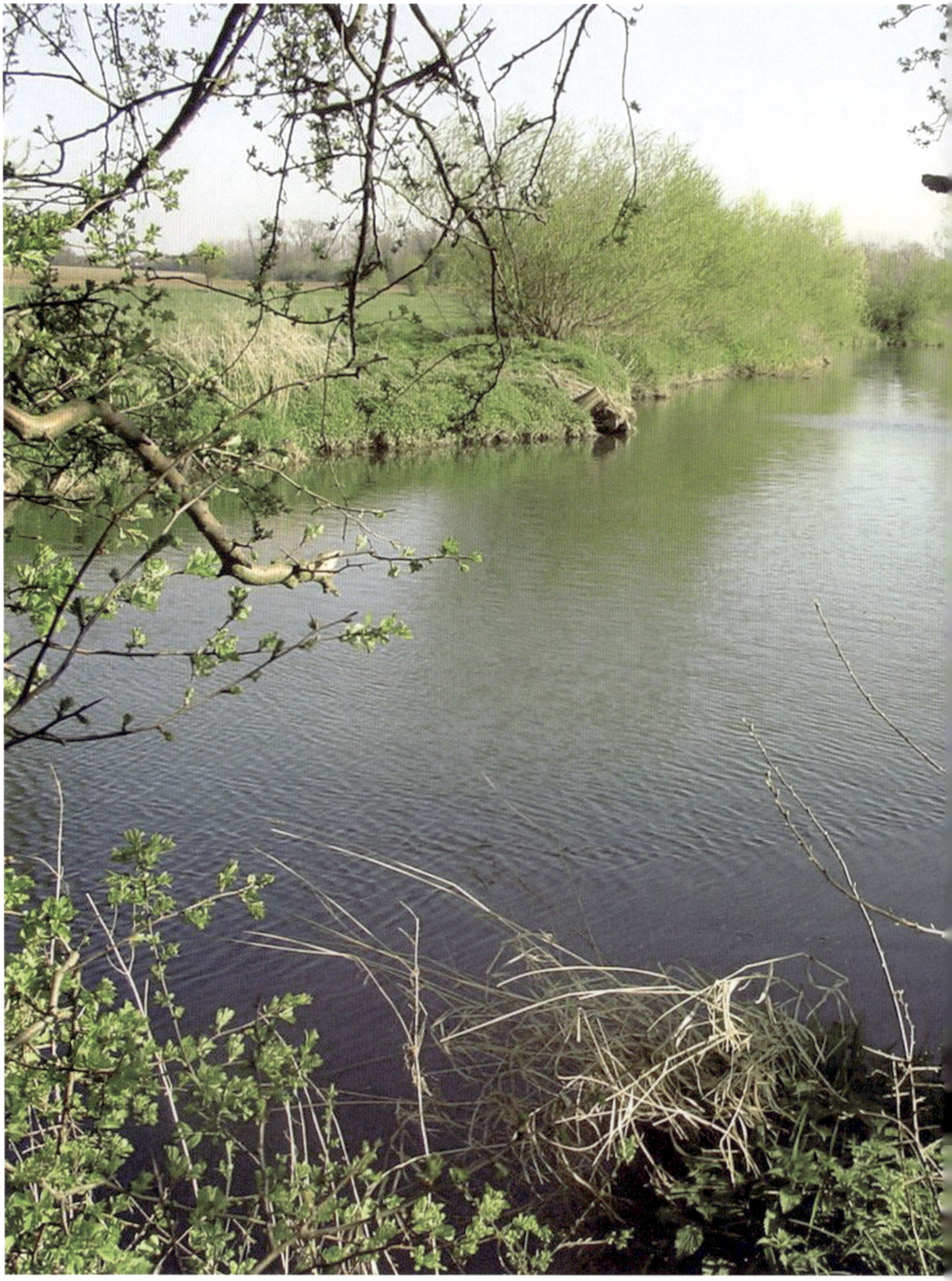

剑河风景

剑桥书店里的讲座

作访问学者来到英国,不论是因为个人兴趣,还是出于研究的需要,甚至只是作为一种生活习惯,书店,自然是经常要逛的地方。

即使是就整个英国来说,剑桥的书店也是很有名的。这里到底有多少家书店我说不出确切的数目,小书店不少,但比较有规模的大型书店至少有四五家吧。书店的规模不同,风格也不尽相同,其中有些是学术书与畅销书兼营,还有一些则专门以经营学术书为特色。比如说,在三一学院对面就有一家这样的书店,它的分类之细甚至与大学图书馆类似。这里甚至专门有科学史与科学哲学的分类,而且这一类书竟然占了满满六七个从天花板一直到地面的书柜。由于有一所英国最好的大学作为依托,又有着为数众多的销售对象——除了学生之外,教师和研究人员之类的人也不少,而且这所城市的一般文化水平也是不可忽视的,所以,尽管英国的书价贵得惊人,书店里也总还是有许多的顾客。

剑桥大学图书馆

书店里的讲座

作为一座大学城，在剑桥，学校的日程很大程度上影响着城市的其他活动。书店自然也不例外。当学校放假时，学生大都回家，城里就会明显地冷清起来，书店虽然也还开门，但却没有什么活动。而一旦开了学，情况也就全然不同了。也许是为了促销，也许是为了宣传，或者干脆就是为了树立形象，在开学阶段，各个书店都会举办一些讲座。更有甚者，有时书店不仅举办一般性的讲座，还会举行"文化午餐"，即将著名的学者请来，与读者共进午餐，就餐期间，学者们将简要地介绍其新书，参加午餐的读者也可以与学者们边吃边谈。只是要想参加这样的午餐，读者必须提前预订，自掏腰包，价格当然远比一般的午餐贵得多。

书店里的讲座

到英国后不久，我的第一任房东就曾给过我一些书店讲座的广告，但当时因为有事，一直也没顾得上去。后来，非常偶然地，我竟在一家影院售票处前的各色宣传品中，又见到了这种广告。

广告来自一家名叫波德斯的书店。和我前面提到的那家书店相比，这家书店虽然也有许多的学术著作，但要显得更普及一些。它的讲座计划，除去专门面向儿童的活动不谈，仅就一般性的讲座来说，一月份有三次，二月份竟有五次，这样平均下来，大约是每周一次吧。具体说到讲座的内容，有些是就某个专题进行讨论的，比如说探险；也有的是由作者介绍自己的新作。二月底的一次，居然是一位作者介绍他刚出版的一本天文学史的著作。科学史都能进入书店的讲座，这在国内倒不多见，那就去听听吧。

讲座的地点就设在这家书店最顶层卖书的地方，格局与北京三联书店或风入松书店办讲座的地方差不多。形式很简朴，座位也不多，到讲座开始时，20来个座位差不多都坐满了，也有不多的人站在后面听，不过听众确实非常安静，听得非常投入。

讲座在晚上7点准时开始。一位书店的普通工作人员简单地介绍了几句之后，当晚的主角便出场了。主讲者是牛津大学的一位科学史学家，他的一部新作《天空中的上帝：从古代到文艺复兴时期的天文学、宗教与文化》刚刚出版。想来大概是书店专门将他从牛津请到剑桥来办讲座吧。

牛津Border书店里的弹唱者

这位科学史学家口才确实不错，很有些口若悬河的感觉。在1个小时左右的时间里，他竟然将古代到文艺复兴时期的科学发展史大致梳理了一遍，其中还加入了许多文化和宗教的内容，却几乎没提他的书，倒是像一个很正规的高级科普讲座。当然，演讲者也用幻灯片展示了不少有趣的图片，其中，也没忘了展示他那本新作的封面。就在听众提问即将开始的时候，周围忽然响起了刺耳的警铃声，书店工作人员马上过来讲是火警报警，人们只好一一散去。这已经是我在英国第二次遇到这种情况了，另一次是在大英博物馆，当时也是所有的观众连同

剑桥大学出版社在剑桥市中心的门市部

卖书卖食品的工作人员都被疏散了出来。不过，这一次看来是误报，就在听众快要走完时，警报停止了，于是，人们又走了

· 11 ·

回来，人数几乎未减。在提问时，有些看来很沉迷于非主流科学或伪科学的听众提起问题没完，比如说地外文明的问题——这多少会让人联想到国内的某些场合。不过，演讲者却是极有礼貌，极有耐心，对这些问题都一一仔细作答，提问与回答所用去的时间大约也有1个小时。

最后，像国内一样，是签名售书，我留意数了一下，听讲座的人当中，大约有一多半人都请作者签了名，那本书的定价是：18.99英镑！我翻了一下那本书，大概是属于高级科普，或者严格些讲，高级科学史和文化史普及的类型。

想一想，与国内比一比，有许多相似之处，也略有不同。尤其是那种平和的气氛以及听众的认真，这种气氛，与国内的一些书店在举办讲座时购书者在周围乱烘烘干扰的环境甚至听讲者自身的不经意很不一样。当然，这些听众中绝大多数看来也都不是临时撞上就随便听听，而显然是专程有备而来的。有计划地做事，这显然也是英国人的习惯之一。

剑河风景

墓地里的名人

剑桥这个地方，有历史，出名人。随便什么地方，一不留神，就会遇到一些名人的踪迹。

当然，名人们的最终归宿还是墓地；而活着的人出于各种理由凭吊历史上的名人，也大多是去他们的墓地。我就曾遇到过一位中国的访问学者，来自中央党校，为了瞻仰马克思在伦敦的墓地，一连去了三次，前两次都由于各种原因而未得亲见，终于在第三次如愿以偿。而我出于科学史的专业背景，在去伦敦的威斯敏斯特教堂时，于匆忙之间找到了法拉第、麦克斯韦和牛顿这三位物理学史上的大师的墓或纪念碑；也在匆忙之间错过了据说就在旁边不远处的另外几位科学大师的墓，他们是：J.J.汤姆逊、E.卢瑟福、W.汤姆逊（开尔文勋爵）、W.赫歇尔、J.赫歇尔和C.R.达尔文（进化论的提出者）。遗憾的是，威斯敏斯特教堂不允许拍照，也许，这就是为什么我们总是听说这些科学名人的墓地在威斯敏斯特教堂，却又从来没有形象化的印象的原因。但去过那里的人，总是会把瞻仰的那一幕场景牢牢地记在心中的。

像威斯敏斯特教堂那样的地方固然是一些顶级名人安葬的地方，因此游人不断；而在剑桥，其实也同样有着相当有声

达尔文之墓

望的名人的墓地——只是游人要少得多，甚至连地点都很难找。

一个非常偶然的机会，我在一座名叫圣吉尔（St. Gile）的建于11世纪的老教堂门口，看到了一张为参观者而贴的告示，说维特根斯坦（Ludwig Josef Johann Wittgenstein, 1889～1995）的墓不在此地，要想找他的人可以去这个教堂所属的另一个墓地，并指示如何如何前往。看到这则告示，我突然意识到，那不正是我每天从住所去李约瑟研究所路上的必经之处吗？

于是，一天早上，在去李约瑟研究所之前，我拐进了这个也许可以将其名称译为"升天墓地"（Ascension Cemetery）的地方。直通墓地的小路名叫"万灵巷"（All Souls Lane），倒也真是名副其实，只是显得有些荒凉，也极为清静。那天早上，除了我，墓地里再没有第二个人。在那里，除了维特根斯坦的墓之外，我还意外地发现了包括科学家在内的其他一些名人的墓。

第一次去没带相机，所以只待了一会儿便离开了。想到很快就要搬住处，以后可能不会经常路过此地，于是在第二天，我带上相机再次来到这个墓地。这一次的运气要好得多。这是一个晴天，虽然墓地中的草丛里露水很重，一会儿就把鞋整个打湿了，但却是一个照相的好天气。更为幸运的是，刚进去不久，就遇到了一位在这个墓地工作，主要负责雕刻墓碑的工人。很遗憾我忘记了他的名字，不过，因为他说他自己以前是从德国来这里的，姑且就称他为G先生吧。

也许来这里参观的人确实不多，G先生多半也有些寂寞，看到挂着相机在这里拍照的我，他十分热情地上来打招呼，还从他的工作室里专门取出一份介绍这个墓地的材料给我，并陪着我到处寻找那些材料上提到的名人的墓。结果，这次我又有了更多的发现：就在这片不怎么起眼的墓地里，竟然安葬有两位诺贝尔奖获得者、7位荣誉勋位（The Order of Merit）获得者、8位剑桥大学各学院的院长、15位英国的爵士以及39位在《国家传记辞典》收录的名人。虽然这里名人甚多，但就我有限的知识与专业背景和特殊的兴趣，在"按图索墓"的过程中，我发现至少有下列这样几位人物是我想记下的。

其一，是数学家与天体物理学家爱丁顿（Sir Arthur Stanley Eddington, 1882～1944）。读过一点科学史的人可能都会对他的名字有些印象。他曾在剑桥的三一学院学习，后在格林尼治天文台做过一段时间助手，然后，又回到剑桥，成为三一学院的Fellow，并在剑桥的天文台工作。他在天体物理方面颇有建树，发展了关于时空的数学理论，并对相对论有所贡献。其实，要说起来，他所做的更为有影响的事，还是1919年率领一个观测队到西非对日全食

爱丁顿之墓

进行观测，其观测结果证实了爱因斯坦广义相对论的一个推论，即光线会在引力场中偏转。这一结果在当时曾引起了很大的轰动，而据某种说法，爱因斯坦在世界范围的公众中的真正闻名，也只是从那时才开始的。而且，爱丁顿也写过面向公众的通俗科学著作，他的著作好像在中国也有译本。由于他的科学成就，他在1914年当选为英国皇家学会会员，1930年被授予爵位。

因为年代久远，爱丁顿的墓碑上的字迹已经很不清晰了。

其二，是物理学家科克罗夫特（Sir John Douglas, 1897～1967）。20世纪的20年代，他曾在剑桥的圣约翰学院学习。如果说到他的科学贡献，最有影响的，也许就是他在卡文迪什实验室与瓦尔顿（E.T.S. Walton）合作建造了第一台高压粒子直线加速器，为此，他们获得了1951年的诺贝尔物理学奖。加速器的建成，使得原子核与粒子的研究有了新的实验手段，因此当人们提到他时，经常说他是分裂了原子的人。也有人认为从他在卡文迪什实验室研制粒子加速器时起，科学开始进入了"大科学"的时代。当卡文迪什的蒙德实验室负责人卡皮查在30年代回到苏联而且不再获准出国时，科克罗夫特接任了蒙德实验室的负责人并担任物理学教授。在第二次世界大战期间，他曾参加英国雷达的研制，而雷

物理学家
科克罗夫特之墓

达也常被人们说成是这一战争期间最重要的科学成就之一。从40年代开始，科克罗夫特又转向了原子弹的研制，被英国政府派往加拿大，加入到与加拿大和法国合作的研究队伍。战后，他成为设在哈威尔（Harwell）的国家原子能实验室的负责人，50年代初，在W.L.布拉格退休之后，他曾有机会就任卡文迪什实验室的主任，但由于在哈威尔负责的原子能研究工作，使得他未能就任此职。科克罗夫特1948年被封为爵士，1959年成为剑桥大学丘吉尔学院的第一任院长。

我留意到，在科克罗夫特的墓碑上，记录了他作为英国皇家学会会员以及曾担任丘吉尔学院第一任院长的经历，但却没有提到他作为诺贝尔奖获得者的身份。这种似乎没有把获诺贝尔奖当回事，或者说认为英国皇家学会会员以及丘吉尔学院院长的身份要比诺贝尔奖更重要的做法，不知是出于被安葬者本人的意愿，还是出于安葬他的人的想法。如果在中国，这样的事恐怕是不可想象的。

其三，是生物化学家霍普金斯（Sir Frederick Gowland Hopkins，1861～1947）。与爱丁顿和科克罗夫特不同，他不是在剑桥上的学，但他在1898年成为剑桥的化学生理学讲师，后来又分别成为伊曼纽尔学院（Emmanue College）的Fellow，再后来又到了三一学院，1914年成为生物化学教

生物化学家霍普金斯之墓

授。在他的工作中，最著名的是对维生素的发现。1912年发表在《生理学杂志》上的论文，使他获得了1929年的诺贝尔奖。他的学生中就包括后来以研究中国科学史而闻名的李约瑟。霍普金斯于1905年当选为皇家学会会员，1925年被封为爵士。

霍普金斯的墓位于这块墓地的一个角落。也许是因为年代的关系，在墓碑上已经长满了常春藤，人们只能在攀缘而上的常春藤的空隙中去辨认墓碑上依稀的字迹。而我，虽然很想给这座墓碑好好地拍张照片，却也不愿将长在墓碑上的常春藤扒掉，于是只将带着常春藤的墓影照下来留念。

以上这3位，都是荣誉勋位获得者。

另外，还有3位值得一提的名人。

达尔文因提出进化论而闻名于世，他的两个儿子先后安葬于此。F. 达尔文（Sir Francis Darwin，1848~1925）在兄弟5人中排行老大，是一位植物学家，也是其父亲的传记作者。他早年曾做过父亲的秘书和助手，在其父去世后，他出版了关于他父亲的生平和书信的三卷本的书，后来，又负责编辑他父亲的其他书信。作为植物学家，他也有大量的著述出版。他也是基督学院的Fellow。H. 达尔文（Sir Horace Darwin，1851~1928）是老达尔文5个儿子中最小的，他毕业于剑桥的三一学院，后来主要从事科学仪器的制造，并建立了剑桥科学仪器公司。那位将名字与剑桥的科学史博物馆连在一起的科学仪器收藏家惠普尔，就曾做过他的私人助手。这两个达尔文兄弟，也都曾是皇家学会的会员，并都被封为爵士。

最后一位要记述的不再是科学家，而是那位大名鼎鼎的经

济学家马歇尔（Alfred Marshall，1842～1924）。他也曾在剑桥的圣约翰学院学习数学。据说，他原来曾想学习物理，但后来在功利主义哲学家西奇威克（Herry Sidgwick）的影响下而改变了方向，而后者也是剑桥经济学界的一位重要人物，现在剑桥的一条街就是以其名字命名的。马歇尔后来是剑桥的政治经济学的重要代表人物之一，曾任剑桥大学的政治经济学教授。他在1890年出版的《经济学原理》一书，成为一代经济学家阅读和研究的经典著作。如今，剑桥大学经济系的图书馆就是以他的名字命名的。

马歇尔经济图书馆

马歇尔的墓没有石碑，已经长满了荒草，只是在石头的边框上，可以找到他的名字和生卒年。这种荒凉、清冷的景象，与马歇尔图书馆内读者如云的热闹景象形成了鲜明的对照。当人们为了学术，或者为了个人的经济状况的改变而在马歇尔经济学图书馆里研读经济学时，会想到有些凄凉地安息在这块墓地中的马歇尔吗？

在上面提到的6个人中，虽然差

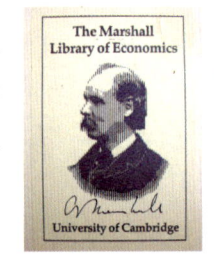

出借图书上的书标——马歇尔图书馆

马歇尔之墓

不多个个都有不凡的经历和声望，但在墓地工作的 G 先生，却似乎对那两位诺贝尔奖获得者的墓地存在并不知晓，甚至对于大经济学家马歇尔也不了解。似乎可以理解的，他倒是对那两个小达尔文更为熟悉，当然，这也还是靠了老达尔文在公众中的知名度吧。那么，为什么老达尔文会在公众中有这样高的知名度？也许这应该是科学史家们研究的一个课题了。

不过，一般来说，科学家在公众中往往并不是最有名气的。甚至，就参观瞻仰者来说，来这个墓地的人也大多是冲着维特根斯坦这位 20 世纪最著名的哲学家而来的。实际上，我能够找到这个墓地，也还是因为那座教堂前指示维特根斯坦墓之所在的告示。当然，一种可能性是，人文学者，或者对人文科学有兴趣的人更有可能以去墓地的方式瞻仰前人，而维特根斯坦在当代哲学中的特殊地位以及持续的影响，使他在剑桥当地或来剑桥参观的人文学者的心目中保持了一种与众不同的位置——尽管他艰深的哲学理论绝不是为大众而提出的，一般人恐怕也不会去认真研读他的著作。这种理论的曲高和寡与知名度的如日中天，倒与爱因斯坦的情形颇有相似之处。不过，至少爱因斯坦对社会政治问题倒是频频发表意见的。

墓地里的 G 先生，他前面就是维特根斯坦的墓

鉴于维特根斯坦的大名，也鉴于哲学叙述的困难，这里对他在分析哲学和语言哲学方面的贡献也许不必多谈，他一生只写了两部著作，而且在生前只出版了一部，并因此而在剑桥得到其博士学位。后来，也没有因为仅有一部著作而耽误他成为哲学教授。也许正是因为来此寻找维特根斯坦之墓的人居多，所以G先生对于这位哲学家所知甚多。虽然我早已经找到了维特根斯坦的墓，但他还是热情地再次带我到墓前，帮我拍照，并讲了许多有关的细节。由于参观者在这里放了许多鲜花的缘故，这个没有墓碑，只有一块石板的墓在这块墓地中是非常显眼的。G先生说，维特根斯坦希望他的墓要简朴，墓上的石板还是他的学生准备的。在这个墓的旁边，还葬有将维特根斯坦的著作译为英文的他的学生，不过，如果不是G先生的介绍，旁人几乎是无法知道这一点的——因为，那里只是一片草地，没有任何标志。

在维特根斯坦那里，除了鲜花之外，墓前还有其他一些东西，例如，一个瓦罐边上立着一个很精致的木头小梯子、一些石子、一些硬币等。G先生说，据说因为维特根斯坦在其书中用过这样的比喻，认为人们像爬梯子一样提高其学识，然后，就可以把梯子放弃。于是，就有人做了这样一个小小的梯子并送到他的

维特根斯坦墓前的小木梯

墓旁。而那些石子，则是按照犹太人的习俗，在墓上放上一块，既表示放石子者的思念也表示还会再来凭吊，这倒让我想起了电影《辛德勒的名单》中最后的场景——众多的犹太人排成长队在辛德勒的墓上依次放上一块小石子，小石子堆得高高的。G先生说，以前，甚至还有一个印度风格的石刻小象放在墓上，可惜后来被人拿走了。至于放硬币，则与放石块的做法类似，也有些好玩的意思。因为墓上这些硬币中，不仅有英国的，还有其他国家的，比如德国很早发行的硬币，G先生突然说："我有一枚中国的硬币，是一位朋友送的"，接着他马上回到工作室里把这枚硬币找了出来，并送给我，说："这样，你也就可以把中国的硬币放在墓上了。"

于是，这天当我离开时，在维特根斯坦的墓上，就又多了一枚硬币，在它向上的一面有这样的字样：壹元，中国人民银行，1999。

剑河风景

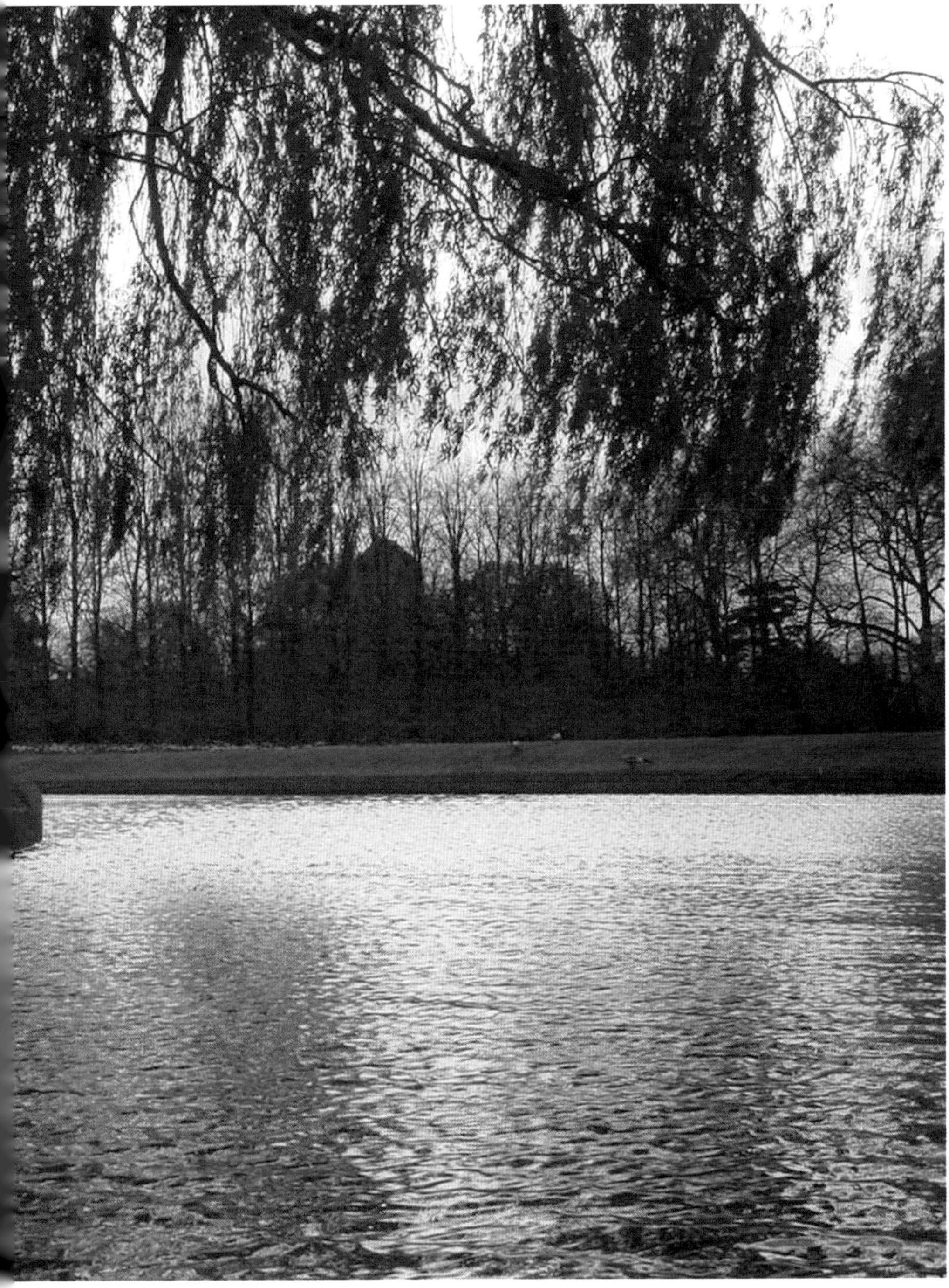

墓地里的名人（续）

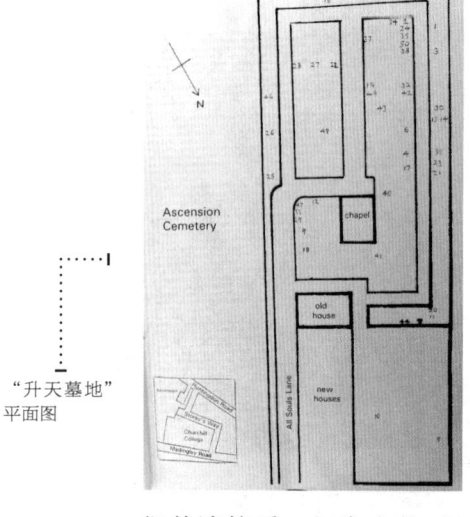

"升天墓地"平面图

在去过两次"升天墓地"后，因为偶尔跟朋友提起它，引起朋友的兴趣，要我领着他们再去，于是，我又来到这块墓地，但是，也不枉多来一趟，因为，即使是从科学史的角度来说，仍有收获。这次，我至少发现了还有3个埋葬在这里的名人是值得一提的。

其一，是亚当斯（John Couth Adams, 1819～1892）。他曾在剑桥大学圣约翰学院学习数学。在19世纪中叶，牛顿的力学理论已经为人们普遍接受。但在人们对天王星的观测中发现，它的运行轨道似乎与牛顿理论有所矛盾。如果牛顿的引力理论确实正确的话，那么，对此唯一的解释，就是有另一个还未被人们所知的行星存在，它以引力的方式干扰了天王星。亚当斯从1842年始研究这一问题。刚刚从大学毕业，1845年，当他才26岁时，他终于根据牛顿的引力理论计算出了这个未知行星的位置，并向一位皇家天文学家寻求帮助，希望对其进行观察。但那位皇家天文学家并不相信他的结果，在格林尼治和剑桥等地，也因为对他的结果有所怀疑而迟迟未进行观察。1846年，在亚当斯得出结果大约10个月后，另一位法国的青年天文学家勒维烈也得出了他的计算结果，预言了这个未知行星的位置。法国人也同样对勒维烈的结果将信将疑。最后是在德国的柏林天文台最先观测到了这颗行星，它被命名为海王星。因为在此行星被观测到之前，亚当斯没有正式发表他的文章，在预言此行星之存在的预言优先权方面，还有过一些争论。现在人们一般公认亚当斯与勒维烈独立地"发现"了海王星。

在海王星被观测到之后，亚当斯就比较一帆风顺了，他成为剑桥大学的天文学教授，短期担任过剑桥天文台的台长，成为彭布罗克学院的Fellow。他于1849年成为英国皇家学会成员，但却谢绝了爵士的封号，也谢绝了皇家天文学家的职位。

虽然已经过了100多年的时间，处在墓地一角的亚当斯墓依然突出，也许是因为其墓碑的特殊造型和所占的面积较大，当然墓碑上的字迹已经斑驳，被深绿的青苔包围着。他与妻子葬在同一墓中。除了其墓这一遗迹之外，在剑桥，至少还有两处与他相关，一处是大学图书馆中珍本书籍的"亚当斯收藏"，另一处就在离李约瑟研究所不远处，一条我每天骑车来所里必经的小路，就是以他的名字命名的"亚当斯路"。

亚当斯之墓

剑桥的
亚当斯路的路标

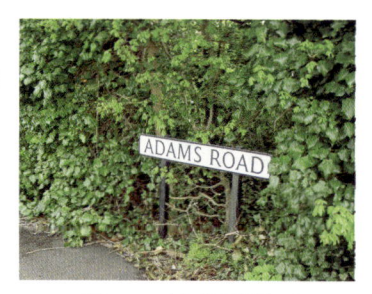

弗雷泽
之墓

其二，是弗雷泽（Sir James Frazer，1854～1928）。这位著名的人类学家对于国内的许多人都不陌生，当然，主要是因为他的名著《金枝》，这本书不仅在西方影响重大，其中译本在国内也颇有影响，一直在不断地重印。他原来并不在剑桥，而是在格拉斯哥大学毕业，但毕业后，又到剑桥的三一学院读书，于1878年又拿了一个学位，并马上就当选为Fellow，一直到他去世。他研究的范围很广，涉及人类学的许多专题。《金枝》一书的第一版问世于1890年，因为它内容广泛，篇幅多达12卷之巨。后来，在1922年，由他的夫人负责出版了该书的节略本，这本书在西方也一再重印且畅销不衰。

其三，如果关注女权主义，这里还有一位人物身份特殊，这就是斯科特（Charlotte Scott，1853～1921）。她之所以特殊，是因为她作为在剑桥大学学习的女性学生的先驱者，与剑桥大学接纳妇女入学学习的妇女解放的历史相关。虽然剑桥大学第一所女子

斯科特之墓，
现在看上去已
经很荒凉了

学院——哥顿学院（Girton）建立于1869年，但对女生的各种限制却依然长期存在，如不允许她们参加正式的考试，不授予学位等。斯科特曾在1889年的数学考试中取得了非常优异的成绩，表现出了她超常的数学能力，但她的名字，甚至没有出现在学生名单上。直到1948年，剑桥大学终于可以为女性学生授予学位时，斯科特已经是95岁高龄了。

这次再来墓地，又遇到了G先生。他依然热情地向我和与我同来的朋友介绍墓地的有关情况。其实，在这块墓地中所安葬的名人，不仅仅只有上述我提到的若干位，只是，限于知识背景，我能够在有限的时间中辨识出来，并意识到其重要性的有这样一些人。

另外，还可以讲到，这块墓地又并不仅仅只是在安葬名人与一些普通人方面有意义。它虽然处在剑桥靠近中心的地方，但却格外的幽静。据G先生介绍说，这里有一些非常珍稀的植物，另外，由于多年来不少名匠人对墓碑地精心雕刻，这里也存有不少雕刻精品，有时会有老师带一些学生来这里学习艺术性的雕塑课。这也不禁让我想起，几年前在德国参观那个更大的墓地时，看到形形色色几乎少有重样但大多非常精美的墓碑，确实有些来到雕塑博物馆的感觉。那时，人们是不会感到墓地的压抑，不会产生恐惧感的。

墓地中的一个精美的带有雕像而且爬满了青绿植物的的墓碑

但 G 先生也说到，在夜里的时候，这里几乎一点光亮都没有，万籁俱寂，也令人不禁会感到恐惧。在万圣节的时候，他曾建议他的女儿带同学一起夜里到这里来搞一个万圣晚会，而他的女儿最后还是没有敢来。不过，在傍晚的时候，我在那里却是一点恐惧也没有感到，只是觉得有一种静静的神圣。在白天，当然又是另外一种印象。在这里，如果你多待一会儿，在墓地中心的木椅上坐一坐，沉思一会儿，也许你会想到那些逝去的名人、那些不那么有名的人以及更多的普通人的生活和贡献与今天这个世界的关系，会想到有关生与死意义的哲学。可是，当你看到一只可爱的猫在这里走来走去的时候，它是那么的从容，无论是悄然地行走在名人的墓间，还是平静地站在平躺的墓碑上，都只是作为一个生灵，一个与逝去的名人平等的生灵。此时，你又会联想到什么？猫又在想什么？

那些名人们现在知道这些吗？

在墓地中穿行的猫

剑河风景

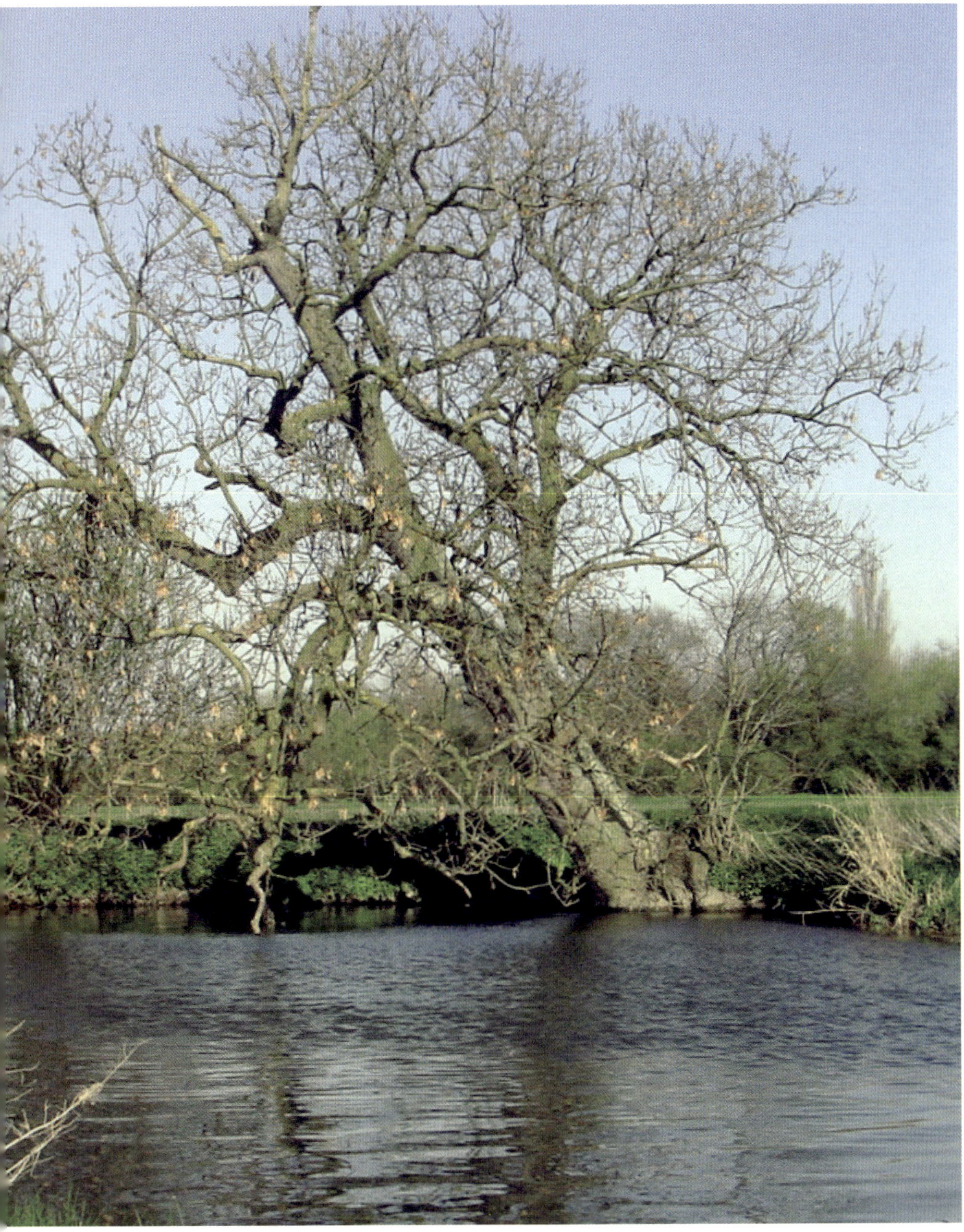

在剑桥听讲座

曾有媒体的文章报道说，如今，在国内，像北大、清华这样的学校里，出现了一些非注册的学生旁听学校的课程。其实，在历史上，像北大这样的地方，这样的事情反而是很有传统的，甚至被人们传为佳话。不过，现在也有人提出诸如为了维护教学秩序之类的说法，要对这种现象有所限制，但无论如何，这样的现象总还是存在，这显然也与这些名校开设的课程的质量与吸引力相关。另外，在国内的图书市场上，现在像《在北大听讲座》《在清华听讲座》这样的书籍也开始成为畅销书，当然，这也与这些名校的讲座的质量和吸引力有关。至少就我本人的经历而言，20多年前在北大念书时，确实曾听过许许多多的各类讲座，虽然绝大多数现在已经记不起具体的内容，但它们对于我自己所产生的潜在的长远影响，却仍是时时能深深地感受到的。

类推开来，像剑桥大学这样的地方，情形也是类似的。在历史上，像C.P.斯诺那次1959年在剑桥所做的关于"两种文化"问题的讲座，其影响不就一直延续至今，让人们持续地将那一话题讨论下来吗？在这里，各系、各学院以及许多其他机构举办的各种讲座简直是不计其数，让人听不胜听。不过，虽然讲座实在太多，让初到者几乎有无从选择的感觉，但到了剑桥，不听听大学里的讲座，那自然是绝对说不过去的。例如，极端一些的，我曾在那里听过中国人用中文讲的讲座，像来自中国大陆的访问学者在东方研究系讲"后殖民主义批评在当代中国"，还有来自中央党校的教授讲"三个代表"的有关问题，来自中国台湾的学者讲历史。当然，更多的还是原汁原味的外国学者的讲座。限于时间，囿于专业，我也只能把主要的注意力放在科学史与科学哲学系相关的一些讲座上。

首先，值得提及的是，剑桥大学科学史与科学哲学系在开学后的学期中间，几乎每周都有一次系级讨论班，不过说是讨论班，与我们这里的讲座大致相同。一般来说，在系里学习的研究生大多会参加，系里的教师也会根据演讲的题目选择参加，每次听众大约有四五十人的样子。系级讲座的演讲者，虽然也有本系的教师，但大多是外面请来的专家，包括剑桥大学其他系和学院的专家，以及来自英国其他地方的专家，此外，也经常有来自海外的专家。演讲的题目涉及的范围很广，如"该死的时间机器""新瓶旧酒：伽桑第式与亚里士多德式的物理学起源""科学进步与信仰的目标""心智与幻象""唯一的运动：对进步观念的反思""弗洛伊德在剑桥""更高维度的几何：一条逃离数学哲学的道路""想象的事：早期心理学探索中的理论与实践""在建制化科学中的行动者、网络与'动乱的场景'：2世纪中国关于天文学的争论"等。

在科学史与科学哲学系的系级讲座中，有两次我想特别提及。

一次，是由剑桥大学科学史与科学哲学系本系的一位教授主讲的"辉格党与历史：赫伯特·巴特菲尔德与科学编史学"。这是关于"历史的辉格解释"理论的提出者巴特菲尔德的研究，在讲座结束后，听众的讨论也非常热烈。由此我还联想到，在剑桥大学科学史与科学哲学系那个专业图书馆中，巴特菲尔德的《历史的辉格解释》一书约有10多本副本，是我见到的副本最多的书，而且，均不出借，只供阅读者在阅览室阅读。所有这些，说明像历史的辉格解释与科学史之关系这种古老的问题，即使在目前，柯林斯的讲座："何时才是科学？关于一无所见的逻辑与社会学"

在剑桥大学科学史与科学哲学系这样世界上权威的科学史研究教学机构中，也仍然是继续被重视的关键性问题。

另外一次讲座，既属于系级讲座系列中的一个，又有特殊性，是作为第七次"汉斯·劳兴年度讲座"中的一个，这个讲座系列一年只有一次，通常是请外面最有影响的学者来讲，这次是由英国卡迪夫大学的柯林斯（Harry Collins）来讲，题目为："何时才是科学？关于一无所见的逻辑与社会学"。柯林斯是英国科学知识社会学学派的重要代表人物，也是社会建构论的强力倡导者。他的著作在中国有不少译本，如《人人应知的科学》《人人应知的技术》（这两本都是其《勾勒姆》系列中的著作，但中译本译名颇有问题）。这一次，他的讲座因为听众多、级别高，演讲地点专门选在了剑桥大学纽纳姆女子学院的旧实验室，那里现在已经是一个报告厅了，门口还有许多与此遗迹相关的历史图片展览。因为，如果从科学史的角度来说，这也是一个非常有历史意味的地点：当年剑桥大学的女生是不被许可与男生一起使用大学公用的实验室的。在这次讲座中，柯林斯果然表现不凡，他仍是延续以往以引力波的实验探测作为对象的社会学研究，只不过将问题继续推及到了这一领域最前沿的成果。

纽纳姆女子学院的旧实验室，这里现已成为一个报告厅，休息室中有女性与剑桥大学的历史展览

按照科学知识社会学的社会建构论思路，他将引力波的实验探测分成了几个阶段。他发现，在最新的研究中，在大量基金的资助下，实验其实只是得出了引力波如果存在，它不会大于什么数量级的上限，而且这个上限还把实验的噪声包括在内了。但因为资助者提供了大量的资助，需要证明资助提供的合理性和正确性，研究者也要表明自己做了有效的工作，要表明研究方法和实验装置的有效性，所以，像这样的成果虽然与一般物理学实验的研究有所不同，却也仍然发表在权威的刊物《物理学评论》上。如此等等。也正因为他讲的内容，所以这次演讲就取了那样一个令人初看不知所云、与所讲内容相结合又颇具新意的题目。柯林斯在演讲中，还用了简单自制的激光实验演示装置，向听众说明演讲中涉及的干涉等概念，令听众对所讲的内容可以有直观的了解。再有，他确实口才出众，可以将本

是深奥的问题深入浅出地讲清楚,这一点从听众的热烈反应中不难看出。演讲结束后,当我与他闲聊几句,并告诉了他有关他的著作在中国出版以及一些反响的情况,他自然听得兴味盎然。

当然,在学期当中,剑桥大学的各类讲座实在是多得数不胜数,类型也彼此相异,讲座的信息,可以从多重渠道获得,有些贴在学院里,有些贴在教室外,网上也有更多的消息。有许多次,一些朋友惊讶地问我,你怎么知道那么多讲座的信息的?其实,关键只是有心注意而已。在这些讲座中,除了学术性非常强的一些之外,也有许多是面向公众的,包括由各学院组织面向公众的讲座,像我曾在罗宾逊学院听过的一位现居英国的华人畅销书作者讲有关文化大革命经历的讲座等。这些讲座的听众中,看上去来自剑桥当地的老年居民不在少数,而且也都听得津津有味。剑桥大学达尔文学院的达尔文系列讲座也属这类,这个系列讲座名气很大,请的又都是非常知名的学者和社会名流,它在剑桥大学一所几乎是最大的报告厅举行,甚至要提前去排队等候才行,去晚了就没有座位了。讲座的相关内容,也由剑桥大学出版社出版了达尔文讲座丛书。当然,在内容的设计上也别出心裁。在我刚到剑桥的那个学期,它在举办 Power 系列。所有的讲座都以 Power 命名,因为,或许是由于法国大师福柯的影响,在人文社科领域,Power 的概念已经成为一个被广泛应用的、流行的概念。这个词,在日常语言中,自然也是常用的,而且讲座的设计者,甚至还在语义修辞的意义上转用其多重含义,如"Power of 10",直译

达尔文系列讲座：音乐的力量

为"10的方次"或"10的幂"，其中既讲数学，也讲许多其他引申的问题。由于知道得较晚，我只来得及听了这个系列中的三次，一次题为"音乐的力量"，讲的是流行音乐、流行音乐的历史以及根据一些特定的案例分析其与社会、政治、文化和意识形态的关系。演讲者在演讲过程中，还经常用钢琴演奏一些曲子，来形象生动地说明和补充演讲的内容。第二次，我听的是一位来自美国的数学教授讲"数学的力量"。美国的教授与英国教授风格果然不同，一上来，觉得不够自在，便在台上把鞋脱了下来，甩到台边，也引起不少听众理解的哄笑。他这次讲的主要是"打绳结"的数学问题，很像是一次生动的数学普及讲座，最后，还请了一些听众上台参与演示：如何先把绳结结好，然后，按照他计算给出的公式中的规律，一步步地变换队形，直至绳结被彻底解开。第三次，听的是"可持续的力量"，讲的是英国的环境、能源保护政策的问题，演讲者是一位专门从事这方面工作的女士，但因为她的丈夫刚刚涉及一场有名的官司，所以演讲者本人也变成了一个颇为引人关注的公众人物。

在达尔文学院这个学期的达尔文Power系列讲座结束之后，

达尔文系列讲座：
数学的力量

组织者已经开始分发下一学期的讲座计划了，那将是有关基因的系列讲座，按照计划，其中既有关于基因这个时代热门话题的科学内容，也有诸多社会、政策、文化内容。可惜，因为我要回国，已经无缘再聆听这些精彩的内容了。

剑河风景

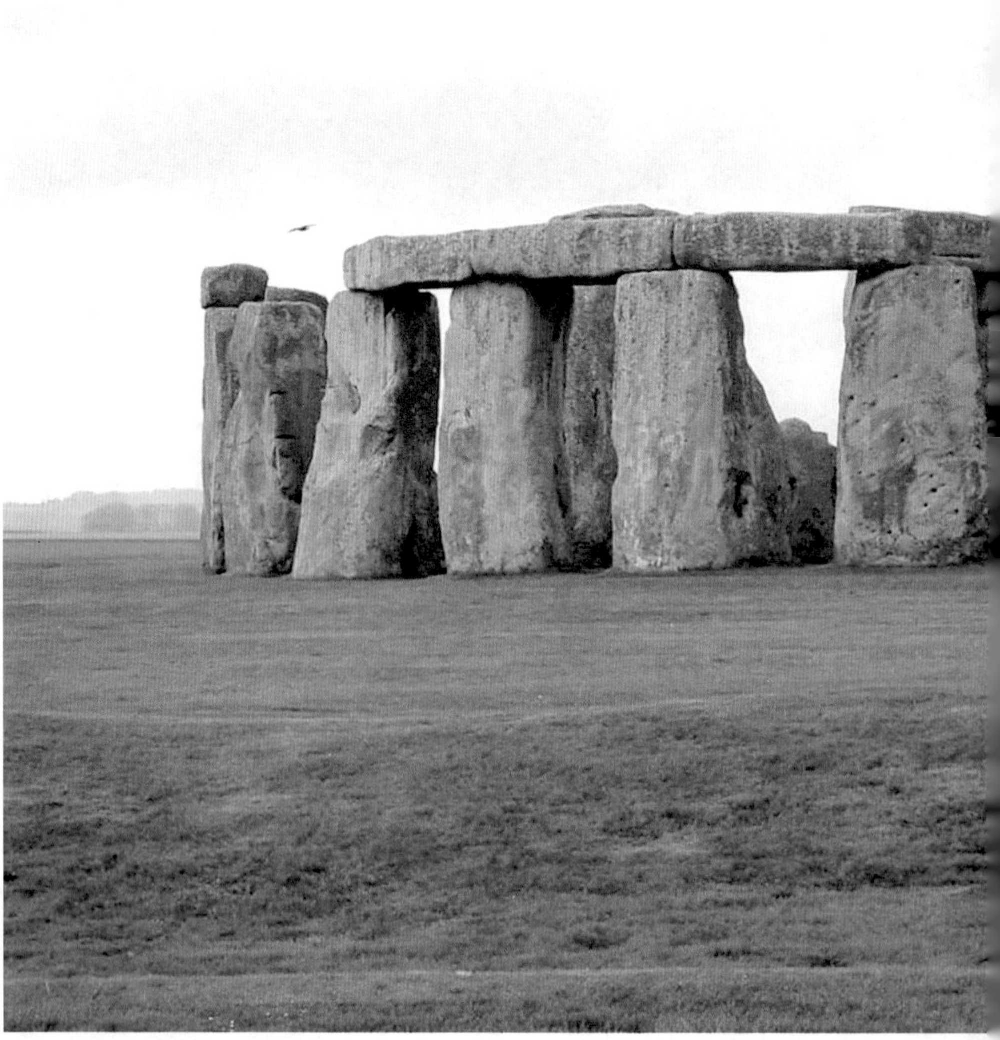

神秘的巨石阵

两门课程

我在剑桥作访问学者时，主要是在剑桥的李约瑟研究所工作，这个研究所，严格讲来并不是剑桥大学的一部分，但由于其科学史研究，与剑桥大学的科学史与科学哲学系倒也关系密切。再加上剑桥大学的科学史与科学哲学系也是世界上科学史研究的重镇之一，那里有众多在读的硕士与博士研究生，有众多杰出的学者，所以，我对那里开设的有关课程自然有特殊的兴趣。根据课程表，仅从题目上看，那里精彩的课程确实为数甚多。例如，仅就以研究生为主要对象的讨论班而言，就有："性别与科学阅读""心理分析与人文学科""精神病学、精神分析与相关科学的历史""自然史陈列室""早期物理学、天文学、宇宙论与技术""认识论阅读""数学哲学阅读""科学史研讨班"（有关科学史和科学编史学方面的博士论文、将要发表的文章等有关进展的讨论）"哲学研讨班""科学与文学阅读""拉丁文提高班""中世纪科学与哲学阅读""语言哲学阅读""科学与视觉图像阅读""文学与科学：1700～1830""医学史"，等。

"性别与科学阅读"讨论班

在这许多的课程中，因为时间限制，我只能选择最有兴趣也最想了解的一些涉及新动态的课程，于是，我从头到尾听了"性别与科学阅读"和"文学与科学：1700～1830"这两门课。

"性别与科学阅读"是一门典型的讨论班式的课程，由科学史与科学哲学系的一位临时工作的女教师主持，大约有 10 来个学生参加。其中，有在读的博士、硕士，也有来自别的系的教师，还有原来在这个系读完博士已经在外面工作了的人。偶尔地，也有来自外系的人来听听。当然，听课者基本为女性，除了有两次课有外面来的一两位男性之外，我就是自始至终听课的唯一男性了。

课程的安排是早就定好了的，每次指定某本书中的某些篇章，要求听课者先行阅读，来上课时，主要是大家在一起讨论。后来发现，如果听课者自己发现了什么有关并且认为是有趣的新文献，也可以提出建议，加到阅读的书目中，大家也会一起来阅读和讨论。课上讨论的气氛可以说非常融洽，毕竟在剑桥这个地方，虽然新的思潮大家都见怪不怪，也热衷于了解，与以往相比，女性主义的书籍和文章也随处可见，但就我的印象来说，在科学史与科学哲学系，这也还是有些边缘的，而那些愿意在边缘行走的人，彼此间自然也就有了某种难得的默契。因为课程排在中午 1 点，那个时间正是剑桥吃午饭的时间，所以，课上就有许多人买了三明治和饮料，一边吃，一边上课。开始我还抓紧时间吃了午饭再来，后来，也就学着大家，干脆把上课与吃饭合二为一了。

其实，这个课程的准备工作还是做得相当好的。有关的阅读材料早已复印好一份放在阅览室中，不许拿走，可以当场看。由于英国复印的价格实在贵得惊人，我也就不去复印，只是在上课的当天上午到阅览室去读，结果，因我捷足先登，有时别人也想来看时，就只好客气地向我借用一会儿赶紧复

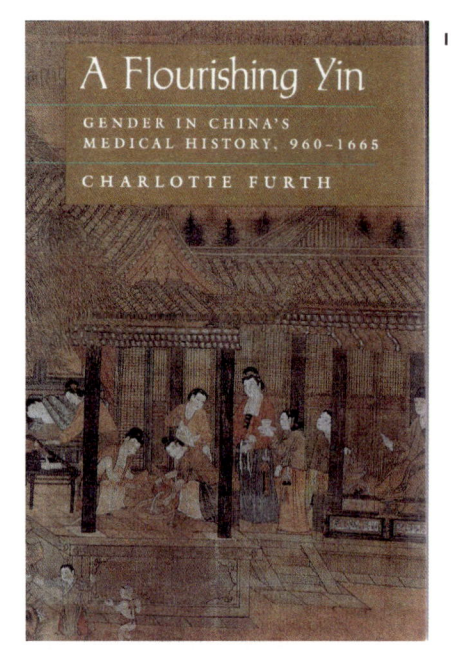

一本研究中国古代医学史与性别的专著：《繁盛之阴》

印了事。

因为每两周一次课，在我逗留在剑桥的两个学期中，这个讨论班一直延续着，所以，陆陆续续地，也读了不少的文献，在讨论中从别人的发言里也学到了不少新的观点和思考方式。其中，阅读和讨论的内容涉及像维多利亚时期剑桥的数学与体育中的性别问题、19世纪末剑桥的大学物理课程文化与妇女、荷尔蒙化学研究与性别、性别政治与性的建构、基因研究与性别、女性主义认识论、女性主义与后现代主义、女性主义与形而上学等。在这当中，有两次阅读和讨论给我留下的印象要更深刻一些。

一次，是关于荷尔蒙化学与性别的。当时阅读的那份材料，是一本名为《性与身体：性别政治与性的建构》一书中的两章："性腺、荷尔蒙与性别的化学"以及"性荷尔蒙真的存在吗？"。它们都是从历史的角度，研究科学家们是如何发现、认识，如何从化学上提纯、测量和证实性荷尔蒙的存在以及在这段历史上，在科学与社会的复杂相互作用中，性别问题是如何直接、间接地卷入其中的。作者提出，在实际的性荷尔蒙的研究中，与劳动力的动荡、女性主义、生育控制、性学、优生学、医学、

一本研究中国古代技术史与性别的专著：《技术与性别》

生理学、药学、农业乃至美国科学的建制化等诸多问题都有关联。作者指出这段历史的教训之一，就是社会信仰系统织入了从事研究的科学家的日常科学实践，尽管经常是以科学家们所未曾觉察的方式。因而，扩展科学的视野，将改变对于性别问题的理解，但是，只有在我们的性别社会系统发生变化时，这样的改变才会发生。在讨论中，听课者和教师都结合有关的问题把讨论更加深入下去，尤其是有一个大家都比较公认的结论，即此书作者的工作虽然非常有启发性，但作者在进行科学史的探讨时，因其非科学史家出身，明显地表现出缺乏严格的历史训练。

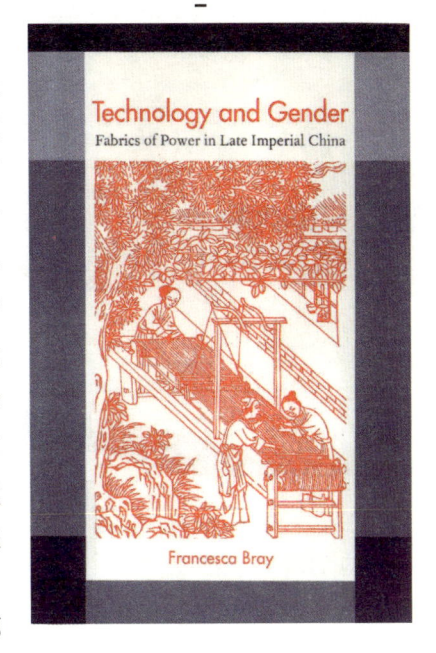

另一次，是阅读美国著名女性主义科学哲学家和科学史家凯勒的新作《基因的世纪》，特别是其中"遗传程序的概念：如何制造有机体"一章。在这里，作者主要从话语分析出发，以分子生物学中重要的概念"遗传程序"（genetic program）为对象，研究了科学术语中的概念、所用的隐喻随历史发展的变化以及它们如何体现在具体的研究工作和相关的大众传播中，研究了随着生物学和计算机中"程序"（program）

在"文学与科
学"的课堂上

概念的演变,怎样影响了科学家对生命的制造方式的理解。在讨论中,大家所关注的,则主要是在这种具体的历史研究中所隐含的女性主义视角、对整体论的强调以及对还原论的批判等问题。

在两个学期的讨论班中,随着大家彼此间的熟悉,谈论的话题也经常从具体的阅读内容扩展到其他方面,如个人近来的研究工作等,实际上,参加这个讨论班的人,或是自身的研究工作与女性主义有关,或是仅仅出于兴趣,但在女性主义性别理论的背景上,可以说都是相当良好的。而我,从中获得的最大收获,与其说是对具体问题的了解,倒不如说是对于视野的扩展以及对于一种思考方式的熟悉。当然,我与其他人间或谈到的女性主义相关研究在中国的发展情况,也是让其他人感到非常有兴趣的话题。

这里要讲的另一门课,是"文学与科学:1700～1830"。当我在课程表上一看到这门课,就决定一定要去听听。其实,它并不是一门很大、很长的课,隔周一次,一个学期下来,总共只有6次课。它是由科学史与科学哲学系和英文系联合开

剑桥大学纽纳姆女子学院里的雕像:
女科学家富兰克林

· 48 ·

伦敦街头的王尔德
（爱尔兰作家）纪念雕像

设的，学生主要来自这两个系，特别是英文系有许多本科生来听课；主讲的教师也是两位，一位女教师来自科学史与科学哲学系，另一位男教师则来自英文系。两人上课时，一人讲一段，交叉进行，配合得非常默契，甚至让人联想起中国的双簧。其实，这门课确实是新开的，它的目的，就是在科学史与文学之间建构某种沟通，让学习文学的学生对历史上的科学以及科学与文学的关系有所了解，也让学科学史的学生对科学史与文学的关联有所接触。在6次课中间，有3次是专题课：牛顿派的诗歌、浪漫主义的植物学：伊拉默斯·达尔文与威廉·布莱克、生命的火花：弗兰肯斯坦，另外3次课，实际上是相关的讲座，分别由来自科学史与科学哲学系和历史系的其他教员讲授，题目是：牛顿与笛福、自然史与殖民主义的诗歌、磁的隐喻。

在上课之前，课程通知已经告诉了学生们每次课需要读的相关原著以及这些书收藏在哪个图书

在"文学与科学"的课堂上之二

牛津某学院中的雪莱雕像

馆及索书号,或可以在剑桥的哪些书店买到,甚至告诉你在什么地方可以买到打折的旧书。我就是按照这些信息买到了几本便宜的原著,包括《弗兰肯斯坦》(1818年版)的重印本。每次上课时,教师还会把课上要用到的另外一些材料复印发给听课者,也许是因为有本科生,这也是我看到的学生听课记笔记最多的课。教师通常会先把有关的科学发展背景进行讲解,几乎就像一门科学史课一样,然后,就在讲解科学史的过程中,将与之相关的文学方面的内容插入进来。也许是因为涉及文学,像社会背景、哲学文化之类的内容,会用很长的篇幅来讲解,而且可以讲得相当深入。例如,在讲《弗兰肯斯坦》这部世界上第一本科幻小说时,就先从电学早期的发展讲起,讲到19世纪电的应用,电力的概念,特别是电在医学中的应用背景,讲到光的隐喻,讲到当时关于光的本质、电的本质以及生命的本质的争论，讲到科学与宗教的关系，讲到此书不同版本的差别以及产生的原因，如此等等。也正因为了解了这些背景，才在某种程度上让我注意到，或许是因为当代对于科学之批判的思潮，在学术界对这部最早的科幻小说竟然如此关注，竟然有如此之深入的研究。在课上的讲解过程中，教师有时还会让学生来朗读一些涉及诗歌的片断，听着那些专门学习英国文学的英国学生读诗，我才第一次体会到了英文诗在阅读中可以带给人的美感。当然，让学生提问和进行讨论就更是经常的事情了。

相比之下，专题的讲座内容要更"学术"一些，但以这种特殊的视角来关注科学与文学，主要是在历史的语境中，对两者间复杂的关系进行具体的探讨，并从中得出有启发性的见解，而与我们这里有时谈及科学与文学和艺术时牵强地把两者扯在一起的生硬做法完全不同。

总之，在剑桥大学所听的这两门按照我们常见的标准都有些"另类"的课，确实给我留下了深刻的印象。但我只不过是旁听而已，至于他们怎样考试，以怎样的方式来考核这种教学的结果，我就一点儿也不知道了。

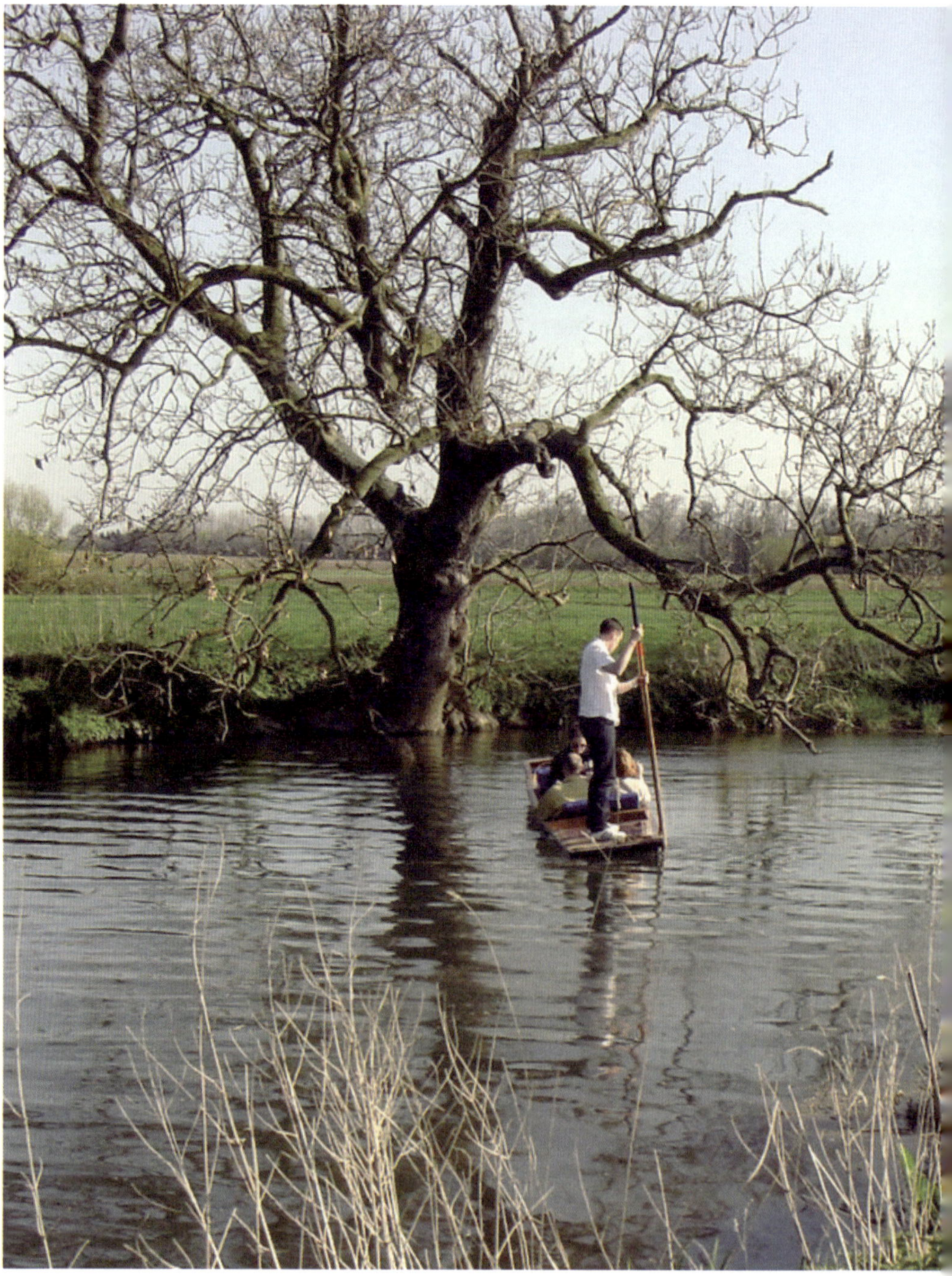

剑河风景

剑桥的鸟

享受幸福生活的大雁

到了剑桥这个古老而又充满了文化的城市,每个人最深切的感受都会有所不同。但是,对于初到这里的中国人来说,剑桥的鸟,绝对是让人难以忘怀的。

在剑桥,虽然只待了短短的6个月,我却搬了三次住的地方,每次都是由于不同的原因,也都是为了更加方便。这三个地方分别处于剑桥市不同的地区,有高级的住宅区,有靠近边缘的居民区,也有靠近市里购物中心的热闹地段。但是,一个共同的特点是,每天,当你早晨醒来时,如果你打开窗户,甚至有时不用打开窗户,你都会听到窗外小鸟清脆悦耳的鸣叫。可以想象,每天清晨，由小鸟的歌声来把你叫醒，该是一件多么惬意的事。

剑桥市以桥而名，桥却是修在剑河上的。与河流在城外环绕的牛津不同，剑桥市的剑河穿城而过，给这个城市带来一种水的灵气。在靠近市中心的地段，剑河两岸都是著名而古老的学院，如女王学院、国王学院、三一学院、克莱尔学院和圣约翰学院等，各学院的草坪或花园就分布在河岸两边。但是，更能引起我注意的，还是那些美丽的水鸟，它们或是在河中自由自在地嬉戏，或是在岸上悠闲地漫步，或者，干脆闭着眼睛养神。任凭河中载满游客的平底船来来往往，任凭岸边的行人擦身而过，仿佛这一切都是与己毫不相干的身外事，它们只是"目中无人"地享受着剑桥的幸福生活。

岸边小憩与河中畅游

剑河中的绿头鸭

延伸下来，这些水鸟有时也会离开剑河一段距离，走到稍远些的草地去觅食、玩耍、休息。在与剑河相联通并流经李约瑟研究所的"宾溪"，景象也是一样。有一次，我曾看到，一对鸭子摇摇摆摆地从河里走上草坪，接着，往草上一趴——睡着了！

剑桥河边正在孵蛋的绿头鸭

沿着剑河向上游走，是比市中心要更荒凉、也更自然的草地，在那里，鸟就更多了，你经常可以看到水鸟像飞机一样地在河面上起飞和降落。那里，就是它们的家园，就是它们的天堂。

在我最后一次搬家后，住的地方离李约瑟研究所比较远，路上要经过几片荒草坪，旁边，也有与剑河相连的小溪，那里经常可以看到新孵出来的小鸭子，跟在父母后面，排成长长的一队，游来游去，走来走去。有几天，我甚至在离路边极近的草丛中，看到一对正在孵蛋的鸭子，后来，又亲眼看到刚刚孵出来的小鸭子，一对走过那里的年轻情侣，似乎也注意到了这

英国布赖顿博物馆展出的于1681年灭绝的渡渡鸟的铸型

天鹅与女孩

一变化，露出惊喜的目光和兴奋的表情，像是生怕惊扰了新生的小生命，在注视了一会儿之后，便踮起脚尖轻轻地离开了。

看着那些鸟们在剑桥惬意逍遥的神态，一位在剑桥已经读了几年书的朋友感慨地说："看到它们，你会感到，你只是这里的过客，它们才是这里真正的主人！"对此，我实在是深有同感。

在国内时，我从一开始就参加了民间环保团体"自然之友"，也一直参加着这个团体的"观鸟小组"的许多活动，当然，这里面也有为了陪对鸟感兴趣的女儿而参加活动的因素和自己借机到郊外休闲一下以缓解紧张并接触自然的动机。因此，虽然参加活动的年头不少，自己真正记住名字并能分辨的鸟的种类却不多。凭借这点有限的知识，我可以认出剑桥的白天鹅、黑天鹅、大雁、绿头鸭、喜鹊等不多几种鸟，曾听别人告诉我一些鸟的英文名字，却因未及查阅字典而不知中译，而更多的鸟，

情侣

我根本就不知道它们到底叫什么，干脆爱谁谁了。但我却并不因此而感到有什么不安或内疚，就算你能更多地区分辨识各种鸟又怎么样呢？剑桥又有多少人能认识多少种不同的鸟呢？重要的是，在那里，并没有出现像在国内公园里因野鸭孵蛋而需要大学生日夜值守的情形。在国内，我和观鸟小组的朋友曾有许多次努力为试图看清一只珍稀或者并不珍稀的鸟而长时间守候，但最终却因为鸟对人的恐惧而只闻其声不见其面。中国的鸟实在是太不幸了，生存在一个时时刻刻需要担惊受怕的环境中，因可怕的经验，为了生存而不得不远远地躲开人。

但是，在剑桥，鸟是绝对自由的，绝对不怕人的，因为它们知道，那里的人不会伤害它们。这难道不是一种普遍深入人心的环保意识在当地人们行为上的实际体现吗？

真的，不知道这些可爱的鸟的名字又有什么关系呢？但我知道，它们是剑桥那里幸福的主人。而我，只是那里的一个过客。

伦敦皇家植物园中的孔雀

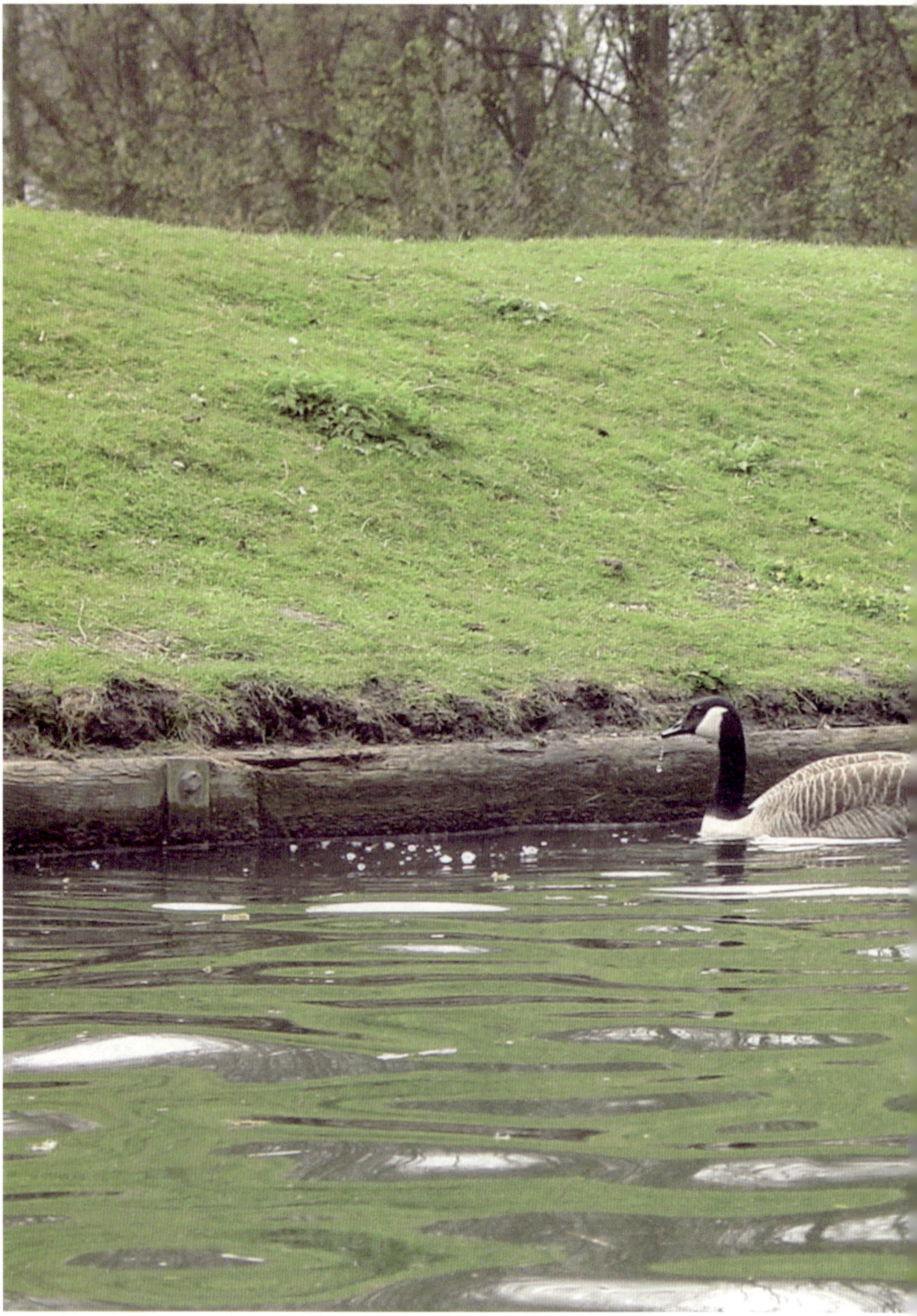

河边的大雁

剑桥的果园

以前，我虽然也曾读过、喜爱过著名诗人徐志摩的几首诗，但却从未读过徐志摩的散文。到了去剑桥的时候，在一本导游书中，我读到徐志摩的这样一段文字：

有一次我赶到一个地方，手把着村庄的篱笆，隔着一大田的麦浪，看西天的变幻。有一次是正冲着一条宽广的大道，过来一大群放草归来的羊，偌大的太阳在他们背后放射着万缕金辉，天上却是乌青青的，只剩这不可逼视的威光中的一条大路……我真的下跪了，对着这冉冉渐翳的金光。

按照那本导游书，徐志摩所谓的"地方"，该是剑桥通往市郊格兰彻斯特（Grantchester）的路上。

在中国，徐志摩是一位著名的诗人，他写剑桥的诗作，也确实是让许许多多的中国人喜爱并因而向往剑桥的佳品。但在剑桥，与那些更多的世界级名人相比，徐志摩的位置就要往后让出许多。据一位在剑桥读了几年文学的朋友说，剑桥的一些中国学者曾向剑桥大学提议，在当年徐志摩经常活动的地方，剑河上一座桥的边上钉一块铭牌，介绍和纪念这位曾游学剑桥的诗人。但后来，一直没有回音。也许，剑桥出的名人太多了，如果轻易同意在那里"树碑立传"的话，剑桥恐怕到处都是这样的纪念牌了。

但是，徐志摩当年喜爱并提到的那个地

|………| 介绍果园历史的小册子的封面

果园茶座

方,那个在小村格兰彻斯特的苹果园,在今天的剑桥,却仍然因为历史上在那里出没活动的名人而吸引着当地的居民和众多的游人。

出了剑桥市中心,撑着剑桥特色的平底船向上游走,或沿着剑河穿过一大片荒草地向上游走约半小时,就会到达那个著名的果园。果园免费提供给游人的介绍小册子上开头就这样写道:"果园——英国的一角,虽然外界光阴匆匆流逝,这里的时间却停滞着。"

早在1868年,那里的果园就纯粹因偶然的机遇成了茶园。1897年,一群剑桥大学的学生请求果园的女主人为他们在繁花盛开的果树下提供茶点,开创了剑桥的一种"伟大的传统"。到1909年,一位叫布鲁克(Rupert Brooke)的剑桥大学青年学生为躲避城市的喧嚣和纷杂的社交生活来到这里寄宿,他后来成为英国著名的诗人,并写有关于这个果园和小村子

的著名诗篇。1909年,他在给女朋友的一封信中,是这样来描述这个地方的:

  我住在朴素的、田园牧歌式的乡村。这是一个小村子,沿河向上,离剑桥两英里。你知道这个地方,它离野营地不远。在这里,我研究莎士比亚,会见为数不多的几个人。休息时,我几乎不穿衣服,赤着脚漫步,用平静的目光眺望自然。我并不假装理解自然,但我却与她相处甚为和睦……我靠蜂蜜、鸡蛋和牛奶为生,一位(尤其在脸上)像苹果一样的老妇人为我准备这些食品,我整日坐在一个玫瑰园中工作。

  1915年,在第一次世界大战期间,布鲁克应征入伍,在运输船上因染败血症而去世,被葬在希腊的一座小岛上。现在,在这个果园旁边的一座小教堂院子里的一个纪念碑上,人们可以看到他的名字被刻在上面。纪念碑前,经常摆放着来访者献上的鲜花。

  继布鲁克之后,其他一些后来成为世界级名人的文学家、艺术家和学者也来到这里聚会,形成了著名的7人格兰彻斯特小组。除了布鲁克之外,这个小组的成员还有小说家福斯特(E. M. Forster)、沃尔夫(Virginia Woolf),哲学家罗素(Bertrand Russell)、维特根斯坦,艺术家约翰(Augustus John)和经济学家凯恩斯(Maynard Keynes)。

  将近100年过去了,正像那本

果园旁小教堂院内刻有布鲁克名字的纪念碑

历史介绍小册子中所印的格兰彻斯特小组7人的照片，从左到右分别为：福斯特、布鲁克、沃尔夫、罗素、约翰、凯恩斯和维特根斯坦

介绍小册子所说的那样，在果园里，时间停滞了。果园还是老样子，苹果树年复一年地开花结果，果树下的茶座如今已成为剑桥人休闲的重要去处，当然，前来品茶的，更有那些能够在剑桥待上几天的外来游客。一到周末，如果来得晚些，游人在这里甚至都很难找到空位子。果园中还建有一座简易的小屋，里面有关于布鲁克的展览，可惜我几次与朋友一起去都没有赶上开门。果园中，那些大约100年前曾在这里喝茶聚会的名人照片和有关文字介绍也摆放树下。

下午茶是英国的传统，英国人乐此不疲，也以此为骄傲。在生活节奏日益加快的今天，许多人已经不再有时间和机会天天悠闲地在下午边品茶边闲聊了，但那个果园，却以它无以替代的历史文化背景招来大量宾客。在那里，我知道了不多几种以前全然不知的英国茶的名称，虽然依

果园旁的拜伦潭

果园旁一所宅院花园中的雕塑

然无法评判如今已基本上改为袋泡茶的英国下午茶的优劣，但我喜欢那里形形色色就茶的小甜点，更喜欢那种坐在开满白花的苹果树下悠然随想的情调。在这背后，人们当然无法忘记，那些将近100年前也曾坐在这里喝茶，并为人类的文化做出了不朽贡献的名人们。有了这种背景，在这里喝下午茶就不再仅仅是一种对休闲、对格调的追求，而是一种在文化中的沉浸了。

莎士比亚故居

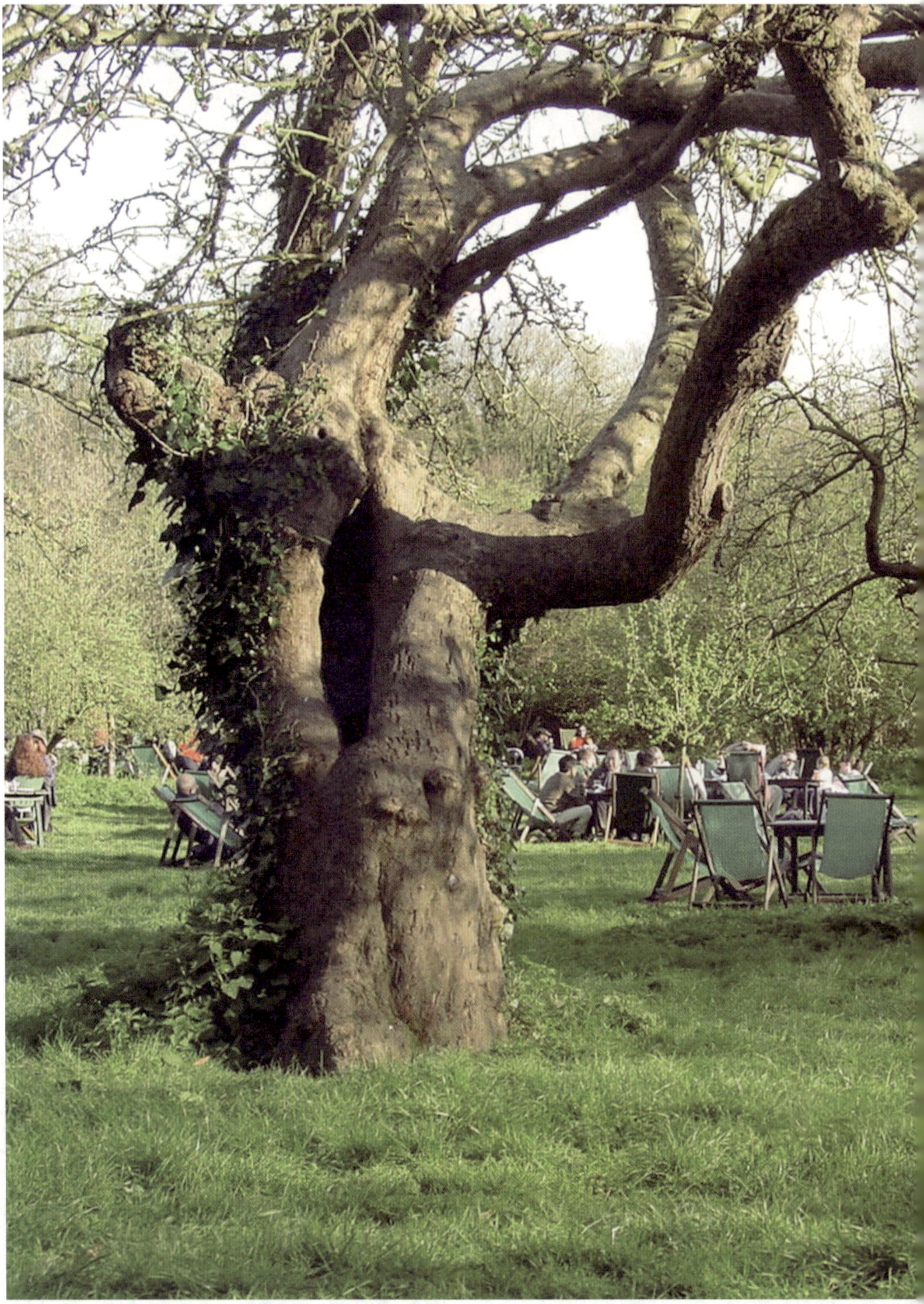

剑河上游的果园

三一学院的教堂与图书馆

在剑桥大学的 31 个学院中，三一学院，是其中最著名的学院之一。它由国王亨利八世创立于 1546 年，位居剑桥市的中心，是剑桥大学最富有的学院之一，也是到剑桥的游客必到之处。由于历史的悠久，它的大门显得甚至有些破旧，但却带着历史的沉重与斑驳。仅仅走过它的门口，稍微熟悉此地的人，就会向外来者介绍两个特别的景观。其一，是大门上面国王亨利八世的雕像，据说在 1615 年，恶作剧的学生将国王手中的权杖换成了一根桌子腿，但剑桥却又是一个相当宽容甚至纵容学生的地方，于是，也就将错就错，一直让那根桌子腿在国王的手中握了下来，并成为剑桥的一段佳话。其二，是门口右边小草坪上矮矮的一棵苹果树，据说，是那棵结了砸在牛顿头上并让牛顿因之发现了万有引力定律的苹果的苹果树的后代。关于牛顿的苹果，几乎是科学史上最著名的传说之一，虽然严格地讲它只是一种并非可靠的传说，却对公众具有着极大的吸引力。不过三一学院门口的苹果树的故事倒也还有某种逻辑上的合理性，因为当

本书作者在三一学院大门前，边上就是那棵著名的苹果树

三一学院教堂内的牛顿雕像

年牛顿是在躲避瘟疫回到故乡时发现的万有引力定律，如果真有苹果砸在他的头上，也只能是家乡的苹果。三一学院是牛顿学习工作的地方，若是有棵与牛顿有关的苹果树，也只能是牛顿家乡那棵科学史上最著名的苹果树的后代才能自圆其说。

三一学院实在是太有名了，随便列举一些与它有关系的名人或数字，就可以让人对它仰视有加。例如，早期的，除了牛顿之外，像牛顿的老师巴罗，像弗兰西斯·培根，稍后一些，像科学家麦克斯韦、瑞利、爱丁顿，像科学家兼科学哲学家和科学史家休厄耳，像历史学家麦考莱、阿克顿，像诗人或小说家拜伦、丁尼生、菲兹杰拉德，像哲学家罗素、维特根斯坦等，都与这所学院有关。当你试图列举这里的名人时，你会发现只有在名人中再加上档次的区分，才不会让名单太长。另外，有一个数字也很能说明问题。在历史上，这所学院的成员中，诺贝尔奖获得者多达31人！在获奖者中，化学奖获得者有7位，经济学奖3位，文学奖1位，医学生理学奖6位，和平奖1位，物理学奖13位。获奖的门类可谓齐全。而且，这还只是英国的一所大学（尽管是著名的大学）里31个学院中的一所学院中获此殊荣者的数目。相比之下，法国，一个国家，也只不过有大约50名诺贝尔奖获得者。

因此，正是三一学院的历史、名气，当然，也因为它的建筑和收藏，它成为剑桥最有吸引力的景点之一。它也像国王学院、圣约翰学院等有名的学院一样，只在特定的时间里对学院以外的参观者开放，而且参观者还要买相当贵的门票。由于办了大学卡，我可以在这里免费参观，甚至还可以免费带几位客人参观，于是，当有朋友从其他地方来访时，三一学院也就成了我陪同朋友一去再去的地方。确实，要想详细搞清这所学院辉煌的历史绝不是一件容易的事，但这所学院里有两个面向参观者开放的地方，却让我记忆深刻，足以说明它对具有历史或科学史兴趣的人的特殊魅力。

其一，是它的教堂。在剑桥大学的各个学院中，大多数都有附属的教堂（Chapel）。这些教堂也各有特色，就建筑风格和历史来说，既有像三一学院这样古老（但肯定不是最古老的）的不大的教堂，也有作为剑桥市标志性建筑的、宏大的国王学院的大教堂（那里除了建筑的宏大与奇特，其儿童唱诗班尤其著名，堪称世界级水平，我甚至曾两次在那里听到这个唱诗班由BBC实况转播的合唱，一次是在圣诞节，一次是在5月份的一个什么节日），还有像剑桥大学最后一个建于20世纪70年代的罗宾逊学院那种带有后现代风格的小教堂。在剑桥的教堂，除了宗教活动的用途之外，也可用于其他活动。就在三一学院的教堂，我就曾由朋友带着进去看过一场为某次与韩国有关的会议而专门由韩国最有名的三星舞蹈团演出的民族舞蹈。但对我来说，三一学院的教堂最特别的地方，还是它里面的雕像。

伦敦圣保罗教堂

在英国的许多教堂中，都有安葬着去世者的传统。被安葬者，或是与教堂或教堂所属的机构有特殊的关系，或是社会名人。伦敦的威斯敏斯特教堂就是最典型的例子。教室里放有纪念去世者的雕像。或者，既有雕像，本人也安葬于那里。例如，在伦敦著名的圣保罗大教堂的地下室中，我就曾看到过安葬着南丁格尔的墓地。如果说，像威斯敏斯特教堂那样的地方安葬的多是国家级著名人物的话，三一学院的教堂里的安葬者或置有纪念雕像者，在文化的意义上，其知名度也绝不逊色于前者。在那里，牛顿的雕像被安放在进门后大厅中的一个特殊的位置上，看上去非常年轻，清瘦，精神饱满，远不是我们经常可以在其肖像中所见到的样子，甚至感觉有点陌生。也许是囿于知识的有限，一圈数下来，我可以记住的人物，有巴罗、弗兰西斯·培根、历史学家麦考莱、桂冠诗人丁尼生等。

相对来说，三一学院的教堂我陪朋友去了许多次，也经常听人讲非常值得一看的三一学院的图书馆，却因为它只

伦敦圣保罗教堂中的南丁格尔墓

三一学院教堂内的培根雕像

在每天中午向外面的来访者开放一两个小时，所以直到我快离开剑桥时，才终于抽空去参观了一次。

这个图书馆结构并不复杂，而且可以说相当简单，只是一座长方形的大厅而已。它位于二楼，在上楼的楼梯两旁的墙上，一幅接一幅地挂着与这个学院有关的名人的肖像油画，在拐角处，是一尊J.J.汤姆孙的大理石雕像。进入阅览室，两边由古旧的书柜隔成一个一个的小区域，书柜上面，摆放着众多从古至今著名学者的雕像，书柜前面，则是最为吸引参观者的展示桌。因为许多展品均年代久远且珍贵，玻璃上都盖有厚厚的布帘，当参观者要观看某个部分的展品时，可以自己掀开布帘，看完以后再盖上，以尽量减少光线对展品的影响，更长久地保护这些珍贵的收藏品。在阅览厅靠里面的地方，用绳子拦出了一个区域，在那个区域，就是专门为这个学院的读者提供的读书区了。正因为那个区域不对参观者开放，所以我也终于没能看清立在那端的全馆中最大的人物雕像是什么人物。

也像我曾在牛津的一个古老的图书馆中参观过的展览一样，三一学院图书馆当然也因其丰富的古老手稿和珍本书籍的收藏而闻名。在展出的展品中，就有 11 世纪初期的珍本图书；有 15 世纪关于人体结构的带有彩色插图的手写本书籍；有初版的莎士比亚著作；有 17 世纪的弥尔顿的诗歌的手写本；有法拉第和休厄耳在 1834 年 4～5 月间讨论用什么术语来描述当时新发现的电现象而交流的信件原稿；有 1687 年在伦敦出版的牛顿的《自然哲学的数学原理》一书的第一版，上面还有牛顿本人为第二版的修订而亲手写下的修改文字；有牛顿的笔记本，先是在中学学习时用来练习拉丁文，后来当他于 1661 年在三一学院作为本科生学习时，又作为记载个人开销的账本；有牛顿在 1717 年作为礼物送给当时三一学院的本特利（Richard Bentley）的怀表；有牛顿 1679 年写给胡克的信件的原稿，上面还带有那幅牛顿所绘的落向地心的石头的著名草图；甚至于，这里还陈列着牛顿本人的一绺头发！

第一版的《自然哲学的数学原理》

不过，这里的陈列也不是绝对的厚古薄今，也有一些代表着 20 世纪重要人物或重要事件的珍贵收藏品。在这些陈列中，似乎对于 20 世纪核物理学的发展与应用有着特殊的重视。

三一学院图书馆内景

三一学院正门上方国王亨利八世的雕像

牛顿的笔记本

例如，陈列品有像在原子裂变的最初研究中有重要贡献的弗里希（Otto Robert Frisch）对于1945年6月16日在美国新墨西哥州第一次原子弹试验的目击记录以及罗素1955年为其广播演说"氢弹的含义"而亲笔写下的手稿等。在这里，阅览室的工作人员极为友好。当看到我带着相机时，亲切而又耐心地提醒，展出的陈列品除了在某一个特殊展柜中的书信因为版权问题不能拍照之外，其他都可拍照，但为了保护藏品，不得使用闪光灯。但也正是因为这一原因，那个展柜中陈列的信件到底是什么人所写，是什么内容，我在根据回忆撰写这篇文章时，就再也没能回忆起来。

一个小时的参观眨眼就过去了，这里对参观者的开放时间也该结束了。在这个过程中，尽管有三三两两的参观者前来，但

三一学院教堂内景

在那里读书的学生们却几乎不受什么打扰，一直在专心致志地看书，在这样的气氛中，来访者们自然也不会大声喧哗，而只是静静地参观。在这样一间到处都是沉重的古书、到处都是名人遗迹陪伴的场所里，我想，不仅对于那些读书者，就是对于参观者来说，也似乎在呼吸中，都会不自觉地体会到弥漫在周围空气中的历史感。也许，这种历史感正是这所图书馆的独特之处吧。

三一学院图书馆正面

三一学院图书馆

剑河风景

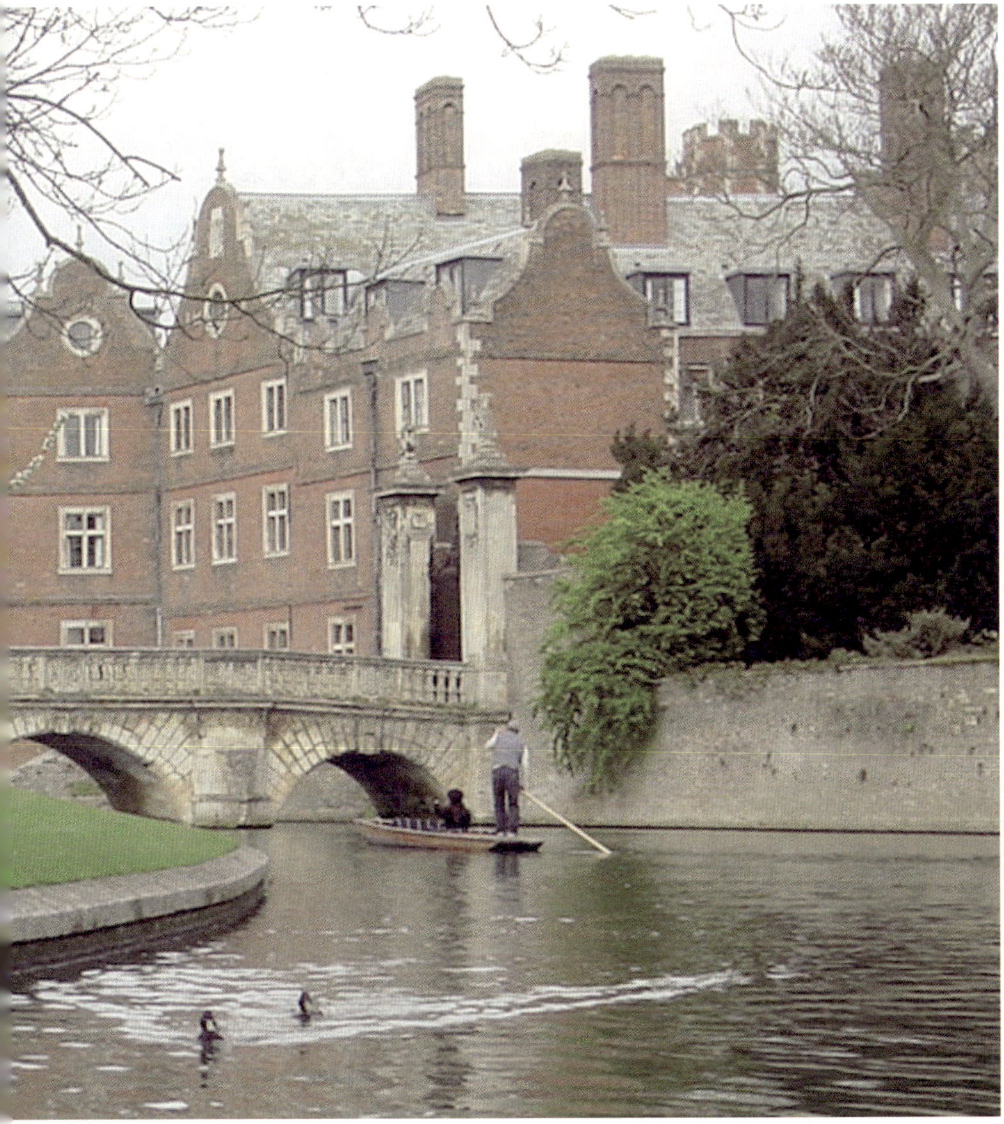

新老卡文迪什实验室

如果对近代科学的发展，特别是物理学的发展稍有熟悉，卡文迪什实验室都不会是一个陌生的名字。在剑桥的这个著名的物理学实验室，在世界物理学的发展中扮演了极为重要的角色。它自身的发展历史，就已经包括了20世纪物理学发展中许多最重要的进展。因此，国内也有人专门写过关于卡文迪什实验室的研究专著，系统地考察了其发展轨迹和经验等。当然，与国际科学史和科学社会学界近些年来非常流行的"实验室研究"潮流相比，中国学者对于卡文迪什实验室的研究还属于传统的类型。

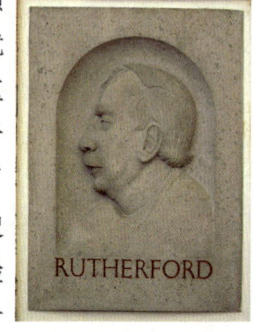

蒙德实验室旧址内的卢瑟福浮雕像

不过，如果不是从事专门研究，仅仅是一般性地在剑桥做某种"科学观光"的话，卡文迪什这样一个古老而且重要的实验室也是很有吸引力的地方。在这座于1871年动工修建，1874年正式落成的实验室中，曾有一系列物理学史上最伟大的人物担任其负责人，即卡文迪什教授，其中包括麦克斯韦、瑞利、J. J. 汤姆孙、卢瑟福、布拉格等。老卡文迪什实验室就坐落在剑桥的市中心附近一条名为自由学校街的小巷里。现在门口还挂有一块牌子，简要地说明了其历史渊源。

老卡文迪什实验室门外墙上悬挂的写有J.J.汤姆孙在此发现电子的牌子

与大门稍隔开一点，墙上还挂有另一块牌子，上面写着："在这里，1897年J.J.汤姆孙在老卡文迪什实验室发现了电子，这项发现后来被认为是基本粒子物理学的开端，是化学键、电子学和计算的基础。"在老卡文迪什实验室的旁边，是原来的老物理化学实验室，现在已经成为剑桥大学科学史与科学哲学系的所在地。在做访问学者期间，因为经常要到科学史与科学哲学系听讲座、借书，所以也就一次次地来到老卡文迪什实验室门前。

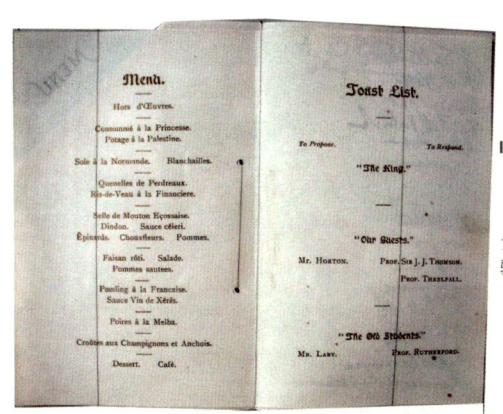

1908年卡文迪什实验室年度聚餐的菜单

　　作为一个有着某种科学史背景的游客——虽然并不想系统研究卡文迪什实验室，但因为自己的物理学史的专业，在以往的工作中，也涉及一些与卡文迪什实验室相关的人物和事件，所以，在我看来最有吸引力的地方，也许是其他人反而不那么关心的一些细节。

　　10多年前，我曾根据各种资料写作并发表的一篇关于前苏联物理学家卡皮查的传记："奇特的经历与杰出的成就——苏联物理学家卡皮查"，在那篇传记里我曾提过这样一件事："由于在科研方面硕果累累，卡皮查在剑桥的地位也越来越高。1924年，他成为卡文迪什实验室的磁学研究助理主任，1925

· 83 ·

年成为剑桥大学三一学院的研究员。1929 年，卡皮查当选为英国皇家学会的会员，这在当时对一个外国人来说，是很少能获得的殊荣。1930 年，卢瑟福说服皇家学会，从蒙德 (L. Mond) 的遗赠中拿取了 15000 英镑，专门为卡皮查建造一所从事高场和低温研究的实验室，取名为蒙德实验室，由卡皮查担任实验室主任。实际上，早在 1922 年，卢瑟福就对卡皮查讲过：'如果我有可能为你建立一个专门的实验室，让你可以和你自己的学生在里面工作的话，我将非常高兴。'当蒙德实验室在 1933 年正式落成时，人们看到，门口的墙上有一幅鳄鱼的浮雕，实验室里面又有一幅卢瑟福的浮雕。这是卡皮查在以他独特的方式向卢瑟福表示敬意。其实，卡皮查早就在他给母亲的信中把卢瑟福称为'鳄鱼'了。至于为什么起了这样一个绰号，有过种种不同的说法，其中最有道理的也许还是卡皮查自己的解释：'在俄国，鳄鱼是一家之父的象征，令人赞赏和敬畏，因为它有直挺挺的脖子，无法回头。它只是张着嘴，勇往直前——就像科学、就像卢瑟福一样。'"因为有这样的背景，所以，当我走进老卡文迪什实验室的大门，来到院子中时，未经别人指点，就发现了那座在墙上雕有鳄鱼的建筑，当然，据此可以判断那就是过去的蒙德实验室了。

旧蒙德实验室，外墙上可见鳄鱼的浮雕

卡文迪什实验室中的老布拉格雕像

鳄鱼甚至在某种程度上成为卡文迪什实验室的象征。比如现在的卡文迪什实验室的网页上，就赫然贴着那幅鳄鱼雕像的照片。而且，卡文迪什实验室的主页上也有一段对此雕像的说明："在旧卡文迪什实验室原址，一个惊人的特征，就是在蒙德实验室的外墙上一幅鳄鱼的雕刻。这个实验室是1933年由皇家学会为卡皮查继续其高强磁场的工作而建的。在建造过程中，经过实验室的人会惊讶地发现，一个身着棕色僧侣服装的人正在帆布幕后的砖墙上忙于铲凿。他就是埃里克·吉尔，受卡皮查的委托在雕刻卢瑟福的饰板像和这幅鳄鱼——'鳄鱼是卡皮查给卢瑟福起的昵称，既因为害怕自己的头被他咬着，也因为他总是在来访前就可以先闻其声，就像《彼得·潘》中鳄鱼的闹钟。'"

蒙德实验室的旧址现在已经成为航空摄影等机构的办公室了。不过，当你走进去的时候，还是可以看到那幅卢瑟福的浮雕像，它的周围已经成为公告板，卢瑟福的雕像则在公告板的

"老鹰"酒吧

"老鹰"酒吧门口的历史介绍牌

中央,被花花绿绿的各种招贴簇拥着。在公告板的台前,还放着一些朴素的复印材料,以只言片语讲述着蒙德实验室辉煌的过去。

离老卡文迪什实验室不远,有一家名为"老鹰"的酒吧。可能是因为距离的关系,现在科学史与科学哲学系的教师和学生们在讨论班过后,也经常到那里去喝上一杯。在某次关于中国古代天文学史的讲座之后,我也曾与李约瑟所的所长以及科学史与科学哲学系的一些教师和学生一起到过那个酒吧。不知是不是因为科学史系的熏染,这家酒吧居然也在门口打出了科学史的招牌,声明说当年沃森和克里克就常常在那里休息和讨论,并因此而发现了DNA的双螺旋结构,以此历史来吸引路过者的注意。其实,这个酒吧另一个著名的特点,

新卡文迪什实验室远眺

倒与科学史有些远，但与军事史更接近。在二战期间，一些美军的飞行员常在这里喝酒，当他们要去执行飞行任务时，因不知还能不能生还，通常会举着蜡烛把自己的名字烧在天花板上。现在，这些名字还都留在那里，只是喝酒的人们大多不会留意到它们了。

在另一个机会，我与剑桥的几个中国朋友一起又去了新的卡文迪什实验室参观。这座新实验室坐落在剑桥的西区，区域开阔，与原来市中心旧址的环境形成鲜明的对照。新的卡文迪什实验室于20世纪70年代建成并使用。其建筑，已经是非常现代的风格了。有意思的是，在实验室的二楼，居然还有可称

在新卡文迪什实验室旁边新建的计算机研究中心

卡文迪什实验室展出的早期电子显微镜

卡文迪什实验室中的标志牌，上写着：在卡文迪什博物馆中的仪器选展

卡文迪什实验室的历史陈列

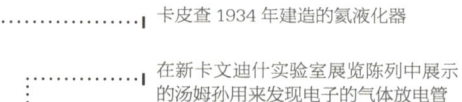

卡皮查 1934 年建造的氦液化器

在新卡文迪什实验室展览陈列中展示的汤姆孙用来发现电子的气体放电管

卡文迪什实验室展出的麦克斯韦曾用过的办公桌

卡文迪什实验室展出的威尔逊最初的云室，这是用来探测微观粒子的轨迹的重要实验装置

为博物馆的展览陈列，包括了该实验室的过去与现在。在对过去历史的介绍陈列部分，展示有非常珍贵的各种原始仪器和其他文字材料，有该实验室历史上名人的照片，甚至还陈列着麦克斯韦和皮帕德用过的办公桌。历史部分介绍得非常有文化特色，其文字大多从各种已经出版了的有关该实验室的书中摘录出来，但放在一起，显得非常生动，在介绍了其辉煌的科学成就历史的同时，也把这个实验室的文化气氛充分地反映出来。至于那些原始仪器的展览，可以说在别的地方是绝对看不到的。其中，

包括有像麦克斯韦制作的仪器，有 J. J. 汤姆孙用来发现电子的装置，有威尔逊当年制造的云室，有当年卡皮查制造的氦液化器，有最初的电子显微镜，等等，让人目不暇接。置身其中，犹如回到了物理学发展"激动人心的年代"。这样的展览当然要有设计的品位，但是其历史的悠久与成就的辉煌显然也是必不可少的条件。相比之下，我们在另外一些实验室中经常见到的那种强行自我吹嘘的介绍展览，就显得十分可笑了。

走出新卡文迪什实验室不远，就是据说由比尔·盖茨出资1亿美元修建的计算机研究中心的大楼。那又是一个现代的设计，微软视窗的图形也装饰在门口。挨着卡文迪什实验室的这一新建筑的出现，是否另有着一种新的象征和挑战的意味呢？在如今计算机的时代，物理学还会有过去的精彩吗？

本书作者在卡文迪什实验室外

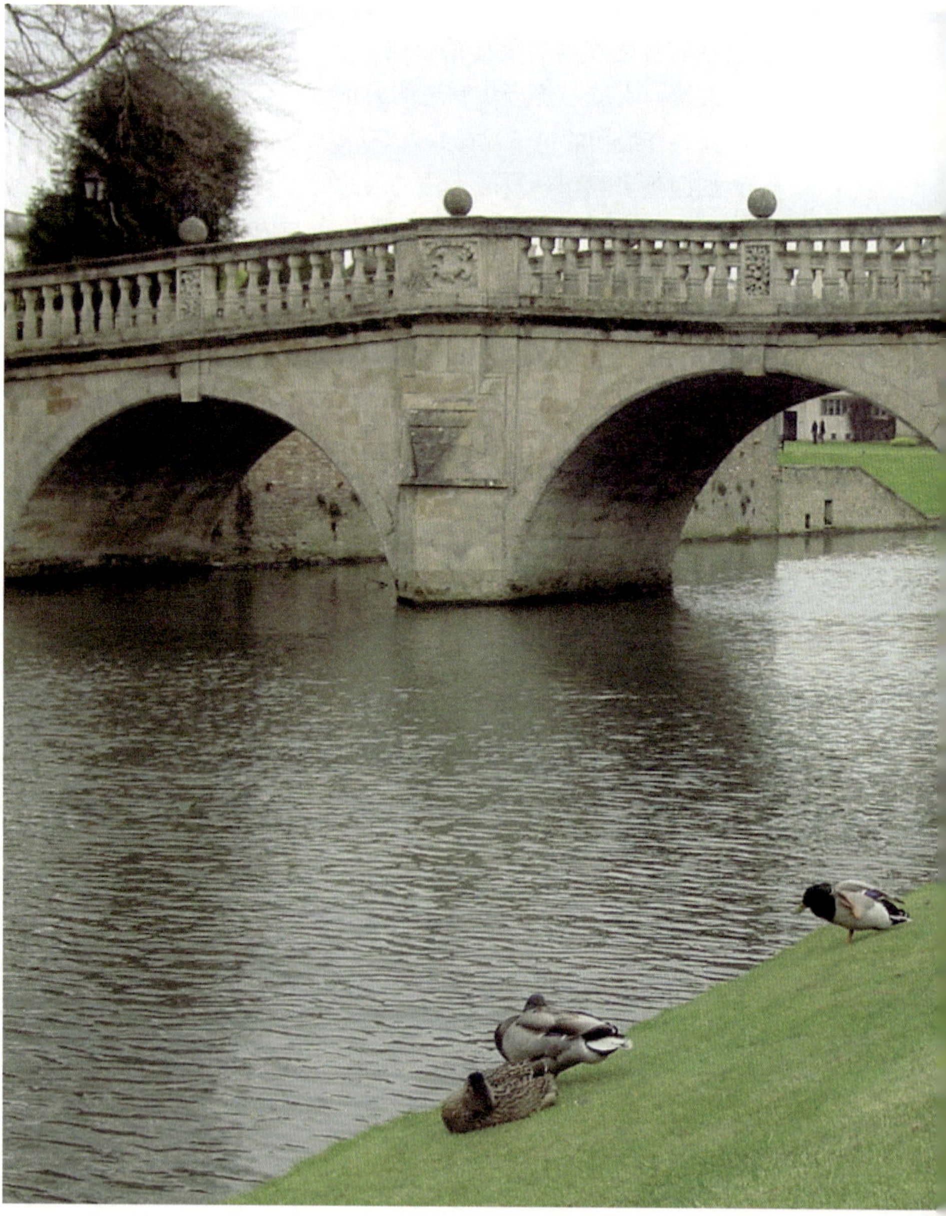

剑河风景：克莱尔桥

挂单剑桥"中国庙"

2001年12月至2002年6月，受国家留学基金"重点高校系主任和研究所骨干出国研修项目"的资助，我作为访问学者在英国剑桥的李约瑟研究所工作了半年的时间。

李约瑟这位大名鼎鼎的科学史家，他对中国科学史的深入研究以及他最有代表性的多卷巨著《中国的科学与文明》（又译《中国科学技术史》），因其声名显赫，在此自然无需多谈。但是，位于剑桥的这个李约瑟研究所（Needham Research Institute），有剑桥的"中国庙"之称，也许，只有到过那里的人才会有更深的体会。

李约瑟研究所正门

李约瑟出生在1900年，在大约30岁的时候，便已经成为英国顶级的生物化学与胚胎学家了，因为他的科学成就，在41岁时，便成为英国皇家学会会员。关于李约瑟的生平，因为已有许多介绍，在这里不再赘述。但特别需要指出的是，在中年转向中国科学史的研究后，李约瑟曾任剑桥大学冈维尔－凯斯学院的院长多年，1976年退休。正是李约瑟发起成立了"东亚科学史图书馆托管会"，并将一座楼房和他所有的藏书捐了出来，建立了东亚科学史图书馆，而他本人所收集的大量的图书资料，则成为东亚科学史图，将东亚科学史图书馆与李约瑟研究所合为一体的建筑，这座建筑，就是在剑桥独具特色的"中国庙"，最终完工于1992年。据说，中国庙这一说法，还是李约瑟本人在新建筑举行结顶仪式上所致的祝酒词中首先提到的。

李约瑟研究所这座"中国庙"坐落在剑桥稍有些靠边但又距市中心不远的西尔威斯特路（Sylvester Road）上。当我第一次由朋友带路来到这里时，最先听到的是朋友介绍这座建筑是按照八卦的形式建造的。确实，在这所被认为结合了中国传统和当代英国设计风格的最佳典范的建筑中，处处都可以见到八卦形的印迹。大门口墙上镶砌的奠基装饰石板、一些房间的窗户的式样、鸟瞰研究所建筑的格局，甚至连墙上的通风口的装饰，都由与八卦图形有关的正八边形、或正八边形的一部分构成。最初，限于经费，此研究所的一期工程只建了正八边形的两个边（即包括了主图书馆在内的主建筑和相连的南翼），后来，随着新筹集资金到位，又建造了正八边形的另一个边——北翼。这样一种造型理念，不知是否是由李约瑟本人提出，对此我没有考证，但李约瑟本人对中国道家的特殊兴趣，显然由此鲜明地体现出来。此研究所另一有中国特色之处是，原来由傅琴于1958年所刻的印章"为中国科学技术史用"，现在既作为李约瑟研究所的所徽使用，也在这所建筑中（像许多大门的把手等地方）随处可见。

李约瑟研究所的建筑上八卦图形的通风口

李约瑟研究所：前面蓝色牌子为李约瑟骨灰安葬处，小路尽头为李约瑟研究所正门

在李约瑟研究所的前院，李约瑟（中）与他两位夫人的骨灰安葬处

也在这所建筑中（像许多大门的把手等地方）随处可见。

李约瑟所门前是一个不小的花园，草坪上放有一块我们在中国的园林中经常可以见到的那种怪石，当春天到来时，英国特色的水仙花和其他我叫不出名的花盛开在各处，而于1995年故去的李约瑟的骨灰，则和他的两位夫人——李大斐与鲁桂珍——的骨灰一起安葬在花园中的一个花坛中。

在研究所大门的左侧，红砖砌成的柱台上，安放着李约瑟的半身铜像。

进了研究所大门，向左转，走到头，是期刊阅览室，期刊室收藏有50余种英文期刊和100多种中文期刊，就我所见，其中有大量的中国出版的医学期刊，形成了在英国富有特色的收藏。除期刊外，期刊室里也放有丰富的工具书。通向期刊室的过道两

李约瑟研究所门前的李约瑟雕像

边，是一间间的办公室，而李约瑟本人生前的办公室也在其中。向右转，是主建筑，二层，楼上是图书馆，里面收藏有大约 2 万 5 千册图书，其中大多是与中国和东亚的科学技术与医学相关的，也有像由中国大陆竺可桢教授捐赠的《图书集成》、由中国台北故宫博物院捐赠的《四库全书》、由中国台湾道教协会捐赠的《道藏》以及由中国台湾财团法人佛陀教育基金会捐赠的《大藏经》那样卷帙浩繁的经典收藏。

　　图书馆的楼下也是一间间的办公室，还有一个小会议室，里面陈列着一些字画、证书、模型以及多卷本的巨著《中国科学技术史》（包括中国大陆和中国台湾出版的中译本以及日译本等版本）。穿过主建筑继续向前走，就进入了建筑的北翼，两边仍是办公室，包括此研究所或者说东亚科学史图书馆中极有特色的选印本收藏室（offprint room），在这里可以分门别类地查阅各种主题的论文或其他材料的抽印本、复印本等，在 600 多个盒子里面近 2 万多种材料中，李约瑟本人的手迹随处可见，而且，现在还有图书馆的工作人员在不断地补充添加新的材料。走到头，是一间大会议室。在大会议室刚一进门的地方，脚下竟是一块玻璃，透过玻璃，可以看到下面流淌的小溪。原来，在建造这部分建筑时，并没有破

李约瑟研究所的建筑横跨在"宾溪"之上

坏那条名为"宾溪"（Bin Brook）的可爱的小溪，做法是使建筑跨在溪上，既保护了天然的环境，又使此建筑独具特色。

李约瑟所建筑的后面，是一条贯通的回廊，回廊外面，就是野趣盎然的后花园了。由于这里的人们习惯于在建筑物中禁烟，所以，在我工作的半年中，经常会在办公室工作了一段时间后，带上一本书，走到外面，坐在回廊中，点上一支烟，看一会儿书，看一会儿后花园的花花草草和葱郁的树木，有时，坐的位置就在缓缓流动的小溪之上。那真是一个读书的好环境。在剑桥这个地方，环境保护得非常好，在我面前花园的窗外，就时常看到出没在草坪上的可爱的小松鼠，我也将这一场景写入了我在那里完成的一本书的后记中，并对那些时常陪伴我的小松鼠表示"感谢"。据说，在更荒一些也更天然一些的后花园中，有时竟会有小鹿之类的动物出现，可惜我一次也没有赶上目睹的机会。

可爱的小松鼠

在李约瑟研究所，在我所逗留的那段时间，所里全职正式的工作人员不多，当时所长古克礼（Christopher Cullen）先生只是兼职，在伦敦大学还另有工作，通常每周只来一天。在我离开前，

李约瑟研究所的读书讨论班

春雪后的李约瑟研究所

每天可以看到的工作人员，一是几乎以所为家的东亚科学史图书馆馆长莫弗特（John Moffett）先生，一是所里的秘书班奈特（Susan Bennett）小姐。馆长莫弗特还有一个半日工作的助手，多年前来自中国的阎学峰女士。除此之外，在所里就只有或长期或短期地来这里工作的研究人员了。

李约瑟研究所在剑桥大学开学的各学期中，每周一次举行的读书讨论班是这里非常有规律也非常有特色的学术活动之一。每次讨论班通常由一人主讲，主讲者既有在所里从事研究的人员，也有来自剑桥大学、英国其他学术机构甚至海外的研究者。讨论班最常见的内容，是根据研究者的工作或所长，选择一些古汉语的片段，一是读语言，

1968年李约瑟获得的萨顿奖章

东亚科学史图书馆内景

二是就所读材料阐述和发挥某种新观点，听众多时可达10来个人，讨论也是十分热烈的。据说，这样的讨论班已经坚持了多年，我在这里的两个学期自然也一直参加，收获确实不小。

剑桥大学因为它极高的学术水准而颇负盛名，吸引了大量来自世界各地的访问学者，但由于空间、经费等条件限制，一些接收访问学者的单位往往不能为被接收者提供办公室，有时甚至连一张办公桌都没有。相比之下，同是在剑桥，李约瑟研究所为来访者提供的宽敞的办公室和其他便利的研究条件，就显得十分优越了。这样一个条件优越、环境优美的研究所，显然是一个让人静心从事学术研究的绝好去处。在剑桥李约瑟研究所工作的半年中，在这样良好的工作环境里，再加上摆脱了国内几乎逃避不开的种种冗杂事务，几乎是我近若干年中工作效率最高的一段时间。在这段时间里，除了尽量多地找机会体验异域风光人情，尽量多地与当地学者进行交流之外，我也

某中国代表团在李约瑟研究所参观该所出版的各种著作

用去一些时间流连于一些学院和各系的课程与讲座，特别是在科学史图书收藏极为丰富的科学史与科学哲学系的图书馆。不过，李约瑟研究所绝对是我平日所呆时间最长的地方，这里也没有人限制你在所里的时间，可以让我经常从上午一直工作到午夜。为了完成原来计划中的有关中外科学史家对中国科学史研究的比较研究，我用去了绝大部分的时间来收集资料和读书。与此同时，我也继续着原来不同于中国科学史的一部分西方科学史的研究工作，在这里完成了已经拖欠多年的一部科学家传记的翻译稿，并写成了一本解读科学史家萨顿的《科学的生命》一书的书稿。

写到这里，我不禁会想到将李约瑟与那位近代科学史学科奠基者萨顿相比较。当然，这样的比较既有某种道理，又没有什么道理。他们两个人从事研究的领域是如此的不同，一个专门研究东方，一个专门研究西方，但却都是学术上的开创者，都以个人的努力从事着通常非个人可完成的鸿篇巨制的写作。我不禁想起在我写那本解读萨顿著作的书

1919年，梅与乔治在海边

时，曾在李约瑟所如诗境一般的工作环境里翻译了一首萨顿的女儿——一位比其父名声更大的诗人——所写的纪念她父亲的诗作。我愿在这里将其录下，作为一种工作的纪念。梅·萨顿的诗是这样的：

> 我从未看到我的父亲步入老年；
> 我从未看到我的父亲离开人间。
> 在他的步伐和言语中，有着活力无限，
> 他的谈话声如洪钟，金口玉言，
> 他所有的学识，将一种激情点燃。
> 像一位小神那样欢笑，
> 他跳离脚踩的大地。
> 路人惊讶地看着，
> 这位勇敢者疾步向前。
> 喜爱驴子、儿童和笨拙的雌鸭，
> 喜欢将古老而简单的笑话重述一遍又一遍；
> 生活在一个天真的世界，
> 在那里会有强烈的孤独感；
> 写信写到很晚，
> 在一只橙色的小猫身上找到慰藉——
> 鲁弗斯和乔治的交流不用语言，
> 乔治工作，而他的鲁弗斯喵声不断——
> 此时，邻里们看到他的灯光，
> 因学者深夜的工作而感到温暖。

我从未见过我的父亲萎顿蹒跚；
他伟岸的身躯像是充足了电。
他从不匆忙急促，他这样说，
但在他的头脑中却有一束燃烧的火焰；
因为热爱，他像诗人一样工作，
在一个有生命的世界中加瓦添砖，
当白纸黑字在他的门前，
述说着神秘的历史，
神灵下降凡间——
歌唱着"以上帝的名义"，
那是阿拉伯铭文的不停闪现。
当他去世时，他走得毫不迟缓，
他的死就像是最后的奉献。
他离去的时候，精神饱满，
恰似无尽的潮涨，直至天边；
学者和高贵典雅的灵魂，
还有激情与生命，完整依然。
此时，死亡的余音只是人们对他的颂赞，
就像一位邻居所写所说的那样：
"我不认识你的父亲，但是
他的灯光曾在那里，我把那灯光怀念。"

也许，牵强的比较确实没有什么实在意义，但人们却不妨在可能的时候随意信马由缰地联想。当我在深夜走出早就只剩下我一个人的研究所,看到研究所大门口依然通明的灯光,看到门前花坛中被一盏小灯照射着的李约瑟安葬处的蓝色标牌时,不禁会感觉到,至少在一点上李约瑟要比萨顿更为幸运:他在去世之后的每个夜晚,仍然可以在不远处的黑暗中陪伴着他自己创立的这个研究所的灯光。

李约瑟研究所的后花园

李约翰研究所夜景

走出剑桥

大英博物馆点滴

许多即使是没来过英国的人，也听说过鼎鼎大名的"大英博物馆"（British Museum）。因此，在来剑桥之前，早就计划着要去好好看看，终于，在一个星期日，将此计划付诸实施。

确实，大英博物馆是太有名了，但它的名声，又确实不是凭空而来，而是与其极为丰富的收藏密切相关。按照介绍，它目前拥有将近600万件藏品，其中，稀世之宝也数不胜数。

大英博物馆正门

由于收藏品太多，展览也总在不停地变换，参观者，特别是偶尔一去的参观者，能够看到的，也不过是九牛一毛而已。但就是这九牛一毛，用一整天的时间来看，也还是太过匆忙了些。甚至，不要说看具体的展品，就算能把大英博物馆自己出版的有关其馆藏的书籍读上一遍，也不会

本书作者在大英博物馆门前

大英博物馆
马克思读书处

是件容易的事，那些书籍竟然满满地摆了好大的一厅，自然也价格不菲。

不过，不管怎样，既然不能常来，甚至，也许近期只能来此一次，就用上一整天，尽量认真地、有计划按比例地参观吧。但这里记述下来的，却仍是极有选择性的，而不可能是看到的全部。

2003年，大英博物馆就会庆祝其建馆250周年，因此，它的历史也算是非常之悠久了。但是，它又确实在不断的发展中，例如，原来大英图书馆（British Library）就与大英博物馆同在一处，直到1998年，大英图书馆才迁到新址，只留下了原来的大阅览室在博物馆的中央。因此，进门之后，很自然地，就顺人流进入了这个宏大辉煌的阅览大厅。

恐怕许多中国人都会熟知马克思的故事，其中很有名的一段，就是说马克思当年在大英图书馆里写作《资本论》，固定坐在一个座位上，数年下来，桌子下面竟然留下了磨出的脚印。当我走进这个阅览大厅时，头脑中自然也有这一故事的背景。按照博物馆的介绍，150年来，无数的学者、革命家、作家、诗人、音乐家、学生和抄写员曾来到这座世界上最大的图书馆。在一圈儿的说明牌中，果然有一块牌子是介绍马克思的。这块以"阅览室与革命"为题的牌子上写道：

这间阅览室以及在它之前的建筑为众多的政治流亡者和学生提供了避难所和精神的源泉。

最深地植根于这间阅览室的政治体系是共产主义。卡尔·马克思在将近30年的时间中每天来到这里。1850年6月，马克思最先被旧的阅览室接待。从1857年起，他在这里从事包括《资本论》在内的数项计划的研究。很可能，他使用的是离他所需要的参考书不远处的L、M、N、O、P几排的座位。

当我与那里的工作人员交谈，问起这块说明牌的介绍，并讲了在国内流传的说法后，一位工作人员非常认真地回答说，我们经常听到的那种说法应该是一种"神话式"的传说，马克思并不是固定地坐在某个订好的座位上。不过，那位工作人员又说：我告诉你一个故事，某年苏联的戈尔巴乔夫来这里参观时，也问过同样的问题，出于可以理解的原因，他们只好告诉戈尔巴乔夫说，马克思当年就坐在某某排某某号，因为那是离参考书比较近的一个座位。结果戈尔巴乔夫听了之后非常高兴。不过，

|⋯⋯⋯| 大英博物馆一著名藏品

这位工作人员又补充说，在那么多年里，至少马克思应该在那个位置上坐过一次吧，所以他们回答戈尔巴乔夫的话也不能算完全骗人。

在科学史的传统研究理论中，就有对所谓科学家传记中的"传奇"与"神话"问题的讨论。其实，在日常流传的说法中，"传奇"和"神话"是很常见的。不过，如果从历史的严肃性来说，能够破除一些神话也是很重要的，尽管它的代价可能是让传记的故事不再那么吸引人和激动人心。

看完阅览室，自然就是到各展室去参观，大英博物馆有大约100个展室，要想一一细看，再一一叙述，既太繁琐，也不大可能。唯一能做的是，走马观花般地匆匆浏览一下，像史前英国与罗马的不列颠收藏、非洲的展览、古代木乃伊的展览、玛亚藏品等，此外，像亚述馆的牛身人面雕像、大量古代雅典的帕台农神庙的雕塑，真是让人觉得置身于不同的时空中。不过，在我的印象中，我还是最喜欢它关于古代埃及、美索不达米亚和古代希腊等收藏，那些收藏，也确实难得。几年前，有一次去德国柏林开会，也去了一个有关古代希腊等收藏的博物馆，当时那里给我留下很深刻的印象。但仅就古代收藏而言，大英博物馆要更为丰富，更加让人流

大英博物馆展出的一块泥板书，上面有与体积计算有关的问题及答案

连忘返、目不暇接。而且，大英博物馆除了参观免费之外，还有一个优点，是允许参观者摄影，这是在众多博物馆中不多见的。因为刚刚装备了数码相机，于是，一气照了200来张照片。其中，像古代的纸草书、泥板书以及上万年前的新石器时代的石制工具等实物的照片，以后回去在科学史课上展示一下，想必会大大增加教学的效果吧。

在大英博物馆中，中国古代文物的收藏也是非常独特的，被说成是在欧洲最丰富的收藏。这些藏品与印度、泰国等藏品一同在一间专门涉及东亚和东南亚的大展室中展出，当然，中国的藏品占据了最大的比例。尤其独特的是，在中国部分的陈列中，在"与外部世界的贸易"这一专题下，专门有一个展柜是关于中国古代的科学与技术的，就我匆忙浏阅的印象中，在大英博物馆的各种展区里，这似乎也是独一无二的。不过，在这里非常值得注意的是，在文字的介绍中，只是着重提及了中国古代的"三大发明"，即印刷术、指南针和火药的发明。介绍的原文先是引用了培根在新工具中的说法："印刷、火药和磁石。第一项发明在文献方面，第二项发明在战争方面，第三项发明在航海方面，这三项发明改变了整个世界的全部面貌和事态，并带来了无数的变革……"这里一方面反映出培

大英博物馆中国科学史展台

根的说法的影响力,另一方面也说明了大英博物馆对中国古代科学技术发展的认识仍然处于一个什么样的阶段。当然,在下面具体的介绍中,除了"三大发明"之外,还提到了在中国水稻的培育对人口的迅速增长和国家财富的增加的作用,铁器铸造的早期发明使中国农民比欧洲早2000多年用上了铁制工具,高温烧窑技术使得瓷器的发展成为可能以及中国丝绸的生产依赖于劳动力的高度有组织和织机的发明等。由此看来,尽管有包括李约瑟在内的英国学者对于中国古代科学技术与文明的深入研究,但在大英博物馆,却并不像我们在国内那样习以为常的将造纸包括在内统称中国古代的"四大发明"。国外学界在这方面的一般观点我不太了解,但至少在大英博物馆的看法中,是将造纸排斥在外的。也许,这反映了一部分国外观点。我想,如果造纸真是由中国人最先发明,而且如果我们真想要彻底说服人家,让国际上公认"四大发明",那么,中国科学史的研究者们或是还需要拿出更有力的证据和研究成果,或是对其研究成果做进一步的普及和宣传才行。否则,像连大英博物馆这样的地方都没有一个说法,总是中国科学史研究者们工作不到的某种反映吧。虽然大英博物馆并不能代表着学术意义上在各门历史研究中的最高水平,可那里在文化的传播方面毕竟是世界上最重要的窗口之一。对于那里的特定反映,中国科学史研究者总应该是可以做些什么,而不仅仅是视而不见吧。

皇家宫殿及花园

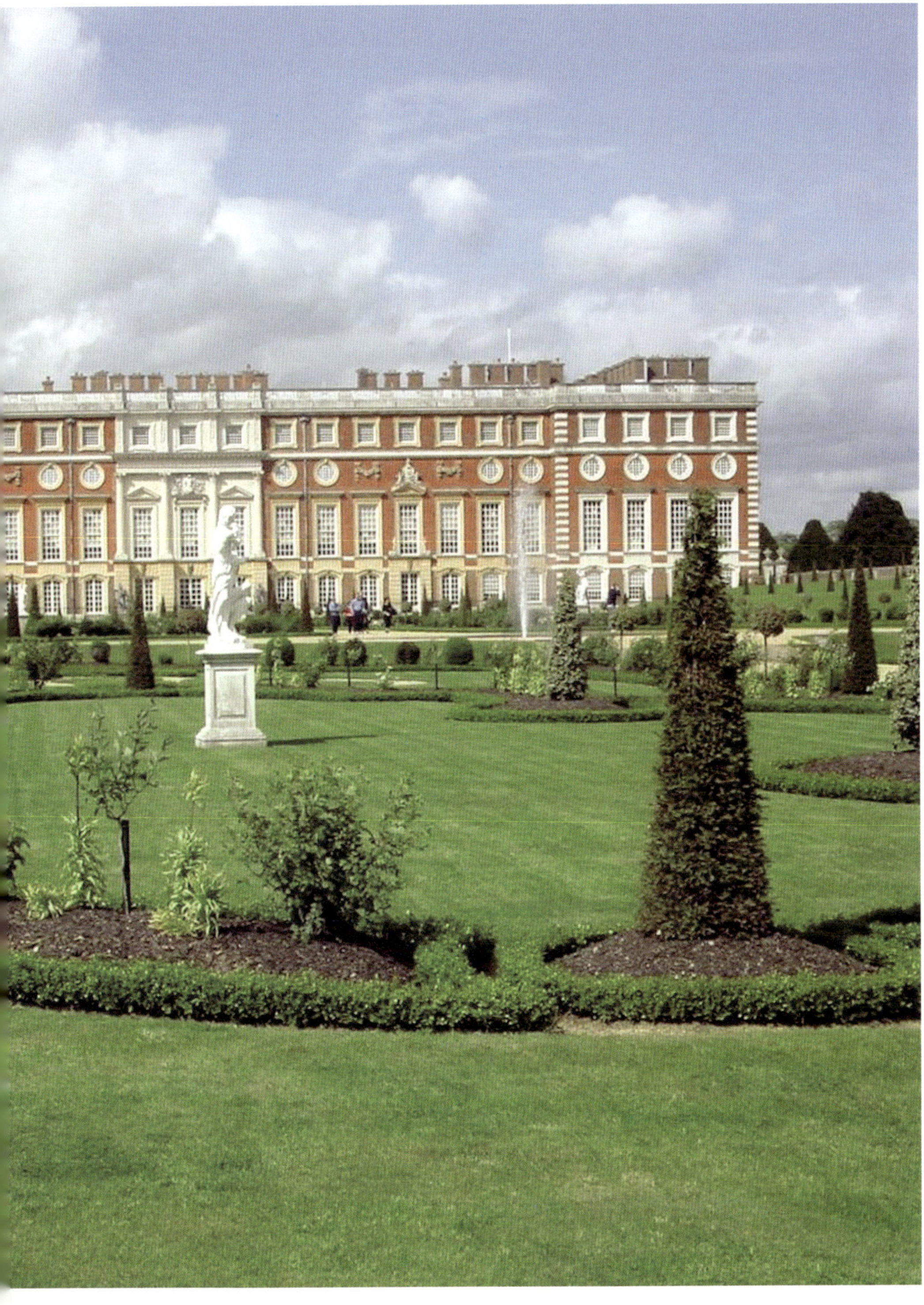

福尔摩斯博物馆

每一座城市都有自己的故事，蔓延在这些故事中的是城市的气质。行走在城市的某个角落，一个地址、一种场景甚或一张匆匆来去的面孔，都会在不经意间唤起对那些故事的回忆，而一座原本只是擦肩而过的城市就在这些故事中变得立体而真实起来。伦敦最著名的故事之一，或者说许多著名的故事，都与一位大侦探有关，他的名字叫福尔摩斯。对于中国人，福尔摩斯这位富于传奇色彩的异邦大侦探，应该是不陌生的。

我读福尔摩斯的故事，是许多许多年以前的事了。至今留下印象最深的，似乎还是《巴斯克维尔的猎犬》。对于柯南道尔笔下的福尔摩斯，也一直有种崇拜，有种神秘感。所以，当我终于有一天在伦敦街头与福尔摩斯先生"不期而遇"，此番经历就不能不说是一件幸事了。

周一，去伦敦办事。到达的时候，时间尚早。于是先去见了一位久有联系但从未谋面的朋友。这位朋友近年来一直在本职工作之外致力于网络科普。谈过一阵之后忽然想到，既然来伦敦一趟，而且还有些时间，何不借此机会先去一些值得参观的地方看看呢？又想起，坐地铁到这位朋友住处的路上，曾途经一个名为

著名的贝克街 221B

Baker street（贝克街）的车站，这个贝克街与那位大名鼎鼎的福尔摩斯先生可有牵连？朋友说，那正是福尔摩斯的"故居"，而且还有一个福尔摩斯博物馆。在来英国之前，作为准备，在看一些相关手册和书籍时，曾注意到这个博物馆，本来也是想一定要参观一下的，于是，便抓紧时间前去。

福尔摩斯博物馆出售纪念品的包装纸袋

坐落在贝克街221号B（按照中国译法也许应该译成贝克街221号乙吧）的福尔摩斯博物馆并不难找，绿色的门脸和招牌都很显眼，与小说中写得完全一样。正如其极其简单的介绍中所说，这是一个"世界上最著名的地址"。

博物馆收费尚可接受，6英镑。进门后，底层是纪念品商店，有各种与福尔摩斯相关的纪念品。一层最重要，是福尔摩斯和华生医生的书房，连着福尔摩斯的卧室。在那里，一位身着维多利亚时代仆人服装的女士非常友好地向来访者介绍有关情况。

据说，这所房子最初建于1815年。在1860～1934年间是作为供出租的房舍登记的。而小说中的福尔摩斯是于1881～1902年间居住于

福尔摩斯博物馆印制的福尔摩斯的名片

· 115 ·

福尔摩斯博物馆内福尔摩斯与华生医生的工作室

此。后来,有人买下了这所房子,但直到1990年,才正式建立了这个在世界上也许是独一无二的博物馆。柯南道尔先生在写作时,很大程度上借鉴了这一实际的背景,所以,博物馆的结构与小说中并无二致,就连从底层到一层的楼梯数都与小说中讲的一样——17级!相同的结构加上精心的布置,使这些参观的人如同置身于小说的场景之中。在那间福尔摩斯与华生合用的书房中(其实一角还有个摆着餐具的餐桌),壁炉中火烧得正旺(可惜是煤气,但看上去却相当逼真)。靠近房门的地方是华生医生的写字台,写字台前的椅子上放着一个打开的医生用的皮包,里面放满了钳子之类的医疗器械。书房的中间,是福尔摩斯和华生医生相对而坐的沙发椅,而书房的另一角,就是小说中让人难以忘记的福尔摩斯的"化学实验室"——其实就是一张书桌,上面摆着各

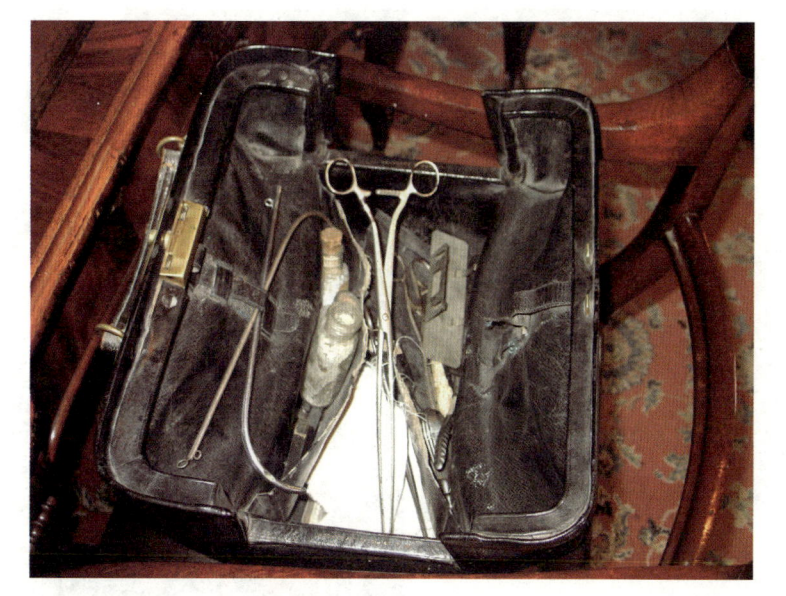

福尔摩斯博物馆内展出的华生医生的医疗器械包

种化学实验用具，旁边的架子上则放满了装着各种化学药品的瓶瓶罐罐。看到此处时，我不禁联想到，如今，电视节目中像科学探案之类的内容是很受观众欢迎的，成为现时的一种流行文化，这种在流行文化中巧妙而得当地穿插相关的科学内容，使福尔摩斯的形象更加真实、丰满，而且让人觉得敬佩与信服，就这样来"普及"科学而言，柯南道尔先生应该算是真正的先驱者之一了吧。其实，从最广义上来讲，这也未尝不是一种科普。如果我们今天的大多数科普能够做到这个份上，如此为读者所接受，那将大大改善时下众多科普作品"科"而不"普"的局面。

二楼原来是华生医生的卧室，现在和三楼一起，全都陈列着一些小说中的著名人物的蜡像。"专业"一些的读者，自然会从中辨认出他们是哪些角色。尤其有意思的是，在全世界范围内的许多人的心目中，福尔摩斯这样一个虚构的人物并未死

福尔摩斯的"化学实验室",在他与华生医生合用的工作室的一角

福尔摩斯的实验装置与工具

华生医生的工作台

去。博物馆中陈列的一些来信选辑就是证明。我粗粗地翻了翻,里面各国来信都有,除了问候类的之外,甚至还有为某些案子而求助于他的。比如一位日本女孩就在来信中讲到,她认识的一个人被手枪打死,警察判定是自杀,而她却认为不可能,并请求福尔摩斯这位世界上最大的侦探的帮助。我2002年来这里参观时,看到在陈列的信件中,最新的还有1999年寄给福尔摩斯先生的信。

出了博物馆的大门(其实严格地讲,只是一个很小的小门,毕竟当初柯南道尔先生是要创造一位侦探,而不是想要搞出什么博物馆),才突然发现,临街通向这所房子地下室通道的楼梯上,那只巴斯克维尔的猎犬正张着大嘴站在那儿呢!

博物馆街对面,还有另外一家专门出售与福尔摩斯有关纪念品的商店。有趣的是,一位年近50岁的店员,身着福尔摩斯的

伦敦街头的福尔摩斯雕像，底坐上写着"伟大的侦探"，吸引了众多游人与之合影

典型服装坐在店里，颇有乱真之感。我退出店门，想把这个商店连同店里的"福尔摩斯"一起收进镜头，无奈不知是这位冒牌的福尔摩斯有些害羞，还是因我不买他的货反要照相而有些不满，见我要拍照时，他赶快用一本杂志挡住了脸。我也就只好作罢。

再转一个街口，人行道上一座福尔摩斯的全身铜像高高地站

福尔摩斯博物馆外景

在那里。按照底座上所说，它建于1999年，看来，福尔摩斯还是活在各国人民心中的。

曾经在一本有关英国的导游书上读到过，在伦敦还有一家福尔摩斯酒吧。于是在离开博物馆之前我特地打听了一下，果然有，但离博物馆还有很远的路，既然与贝克街关系那么远，时间又不

早了（1月份的伦敦下午4点半天就差不多黑了），也就决定暂且不去了。

与我原来想象中有所不同的是，贝克街似乎要更宽一些。从福尔摩斯的书房向街上望去，也看不到那些流浪的小孩。

博物馆的说明最后写道，当你准备从那里离开时，你可能禁不住会希望能雇上一辆马拉的漂亮出租车回家。可惜，现在街上只有川流不息的汽车。毕竟，时代不同了。

福尔摩斯博物馆门口地下室入口处的"巴斯克维尔的猎犬"雕像

附记：

写完此篇文字后，看到新华社驻伦敦记者王艳红 2002 年 10 月 16 日的报道："大侦探'福尔摩斯'成为英国皇家化学学会荣誉会员"。这位记者王艳红，实际上也正是本文中提到的我去伦敦拜访的那位致力于科普网络的朋友。王艳红报道说："在巴斯克维尔的猎犬死在福尔摩斯的左轮手枪下后 100 年，英国皇家化学学会决定授予这位家喻户晓的小说主人公福尔摩斯为该学会的特别荣誉会员，以表彰这位'大侦探'将化学知识应用于侦探工作的业绩。皇家化学学会是由约 4.6 万名化学研究人员、教师、工业家组成的专业学术团体，其历史可上溯到 1841 年。其荣誉会员资格通常只授予诺贝尔奖获得者、卓有成就的学者和工业家。这是该学会首次将此殊荣授予一位虚构人物。福尔摩斯于 1887 年由小说家亚瑟·柯南道尔在《血字的研究》一案中首次介绍给公众。'他'和忠实的伙伴约翰·华生医生一起活跃在维多利亚时代的伦敦，在贝克街 221B 那幢小楼里解决着种种疑难案件，赢得了世界性的声誉。'他'拥有精深的化学知识并将之用于破案，这是皇家化学学会吸收'他'为荣誉会员的主要原因。授予福尔摩斯皇家化学学会荣誉会员的仪式，16 日在伦敦贝克街地铁站前的福尔摩斯雕像前举行。作为特殊来宾出席仪式的有一位现代的'约翰·华生'博士，他是该学会的一名会员。在场的还有一头混血的獒犬，与 1902

年出版的福尔摩斯最著名案件之一《巴斯克维尔的猎犬》中的可怕猎犬有着相似的血统。皇家化学学会认为，尽管福尔摩斯这个人物是虚构的，但'他'开创了以科学及理性思维与邪恶作斗争的传统，给几代人带来了精神上的愉悦。"

由此，这篇报道也部分地印证了本文中的某种说法。

一英国皇家化学学会会员在给福尔摩斯雕像戴上勋章（《新周刊》照片）

剑桥大学图书馆的铁门

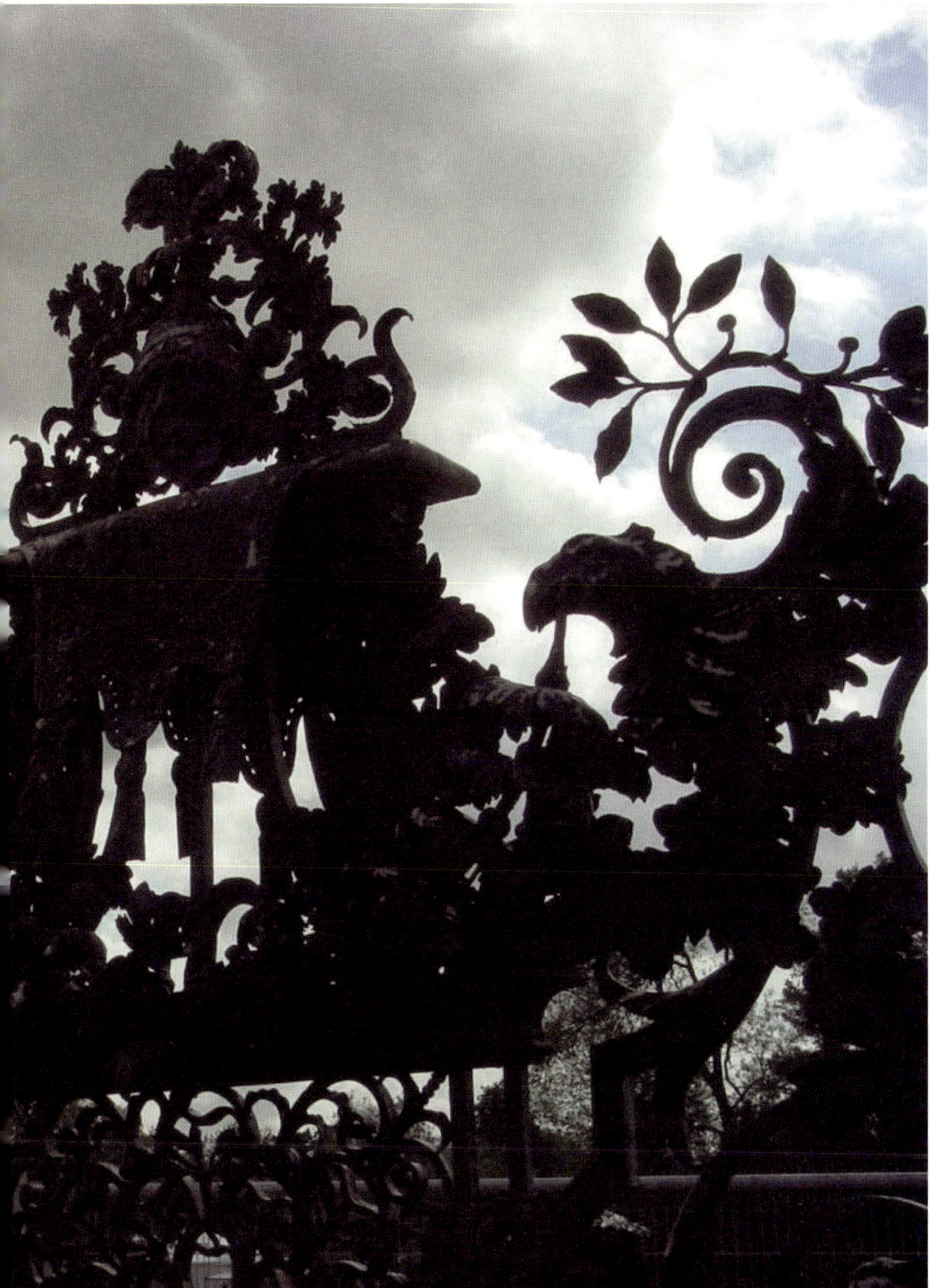

格林尼治天文台

又是周末，一早起，动身去伦敦。此行的主要目标，是世界闻名的格林尼治天文台。

英国的天气确实有些变幻莫测。出发时，还是倾盆大雨，等到达伦敦，已经是蓝天白云了，如果不计较出发的时间，这倒真是一个出游的好日子。

按照地图上的标示，格林尼治天文台几乎就在伦敦市内，甚至都很难说是郊区。有两种方式可以到达，或是坐车，或是乘船。

远眺格林尼治天文台

从格林尼治天文台远眺国家海事博物馆

不过，既然买了伦敦市区包括地铁和其他一般交通工具的通票，所以还是选择坐车。虽然从地图上看，那里的交通是包括在地铁线路中的，其实却要换乘伦敦地铁系统中非常独特的市内火车才行。

到达格林尼治，天文台并不难找。因为预先看过导游书，在稍稍走了一点错路之后，经过询问路人，很快就走到了格林尼治公园前面

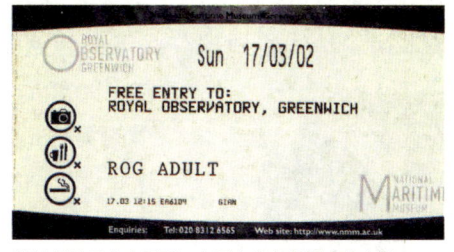

格林尼治天文台门票，上面印有免费进入的字样

的"海事博物馆"，穿过去，就是高高耸立在山上的古天文台的建筑了。周围连成一片的茵绿草坪令人神清气爽，更将建在山上并占据了至高点的天文台衬托得格外醒目。

说是山，其实也不高，沿着不太陡的路，很快就能上去。来之前没有想到的是，此行正好赶上英国的"国家科学周"，应该是公众理解科学活动的一部分吧，所以，连参观的门票都免了，当然，游人也不少。看来，即使是在老牌的资本主

零度经线标志

义国家，也还不是一切都"向钱看"的。事实上，英国许多国立的博物馆，像大英博物馆、国家美术馆等，也一直都是对参观者免费的，虽然人们可以感觉到其经费的紧张——例如，在门口经常会有标牌写着，为了能让我们保持免费参观制度，希望捐款；但希望捐款的数目只不过是平常一张门票的价钱而已。

一进天文台的院子，最先看到的，就是众多排队的游人。一条本初子午线将地球分成了东西两半，而在代表着零经度的本初子午线的标志前照相留影也就成了这里的第一道风景，用说明牌上的话来说，这里是"在时间与空间的中心"，自然不能错过。与通常旅游时见到的西方人只拍风景不拍自己的情形明显不同，许多人都要亲自站在标志前留影，最多见的姿势，是两脚分别踏在以闪亮的金属标示的本初子午线两边。这条本初子午线的两边，刻着世界上许多大城市的名字和其相应的经度值，其中就写有：北京，东经116度25分。

格林尼治天文台的第一位皇家天文学家：弗拉姆斯蒂德

格林尼治天文台和国家海事博物馆为国家科学周印制的明信片

因为自己毕竟不是研究天文学或天文学史的，所以，虽然格林尼治的大名并不陌生，但至多也就是知道它与标准的时间和经度的零点相关而已。因此，在参观时，还是特意买了一本导游说明，并比较认真地看了在原来的天文台建筑中布置的展览。

格林尼治天文台的展览主要内容大约是两部分，一是介绍人类认识宇宙的历史，二是讲述格林尼治天文台自身的历史，并且尤其关注介绍对经度的确定的历史。

17世纪，航海业发展迅速，英国对航海贸易的依赖日渐增长，增加其海上势力的要求也日益迫切。但是，因为难以测量船只所在的经度，无法确定其准确位置，航行在大海中的船只经常发生海难。于是，在一些人的提议下，1674年，英国国王查理二世决定建立这座天文台，他希望这样可以绘制出更准确的星图，从而利用天体这座大钟来解决经度的问题。天文台于1675年10月10日下午3点14分正式奠基。查理二世让当时著名的建筑师，曾负责伦敦圣保罗大教堂设计和建筑的雷恩负责建造，但只给了500英镑的经费，还是利用出售过期的火药所得。幸好雷恩是一位很有经济头脑的建筑师，他利用各处

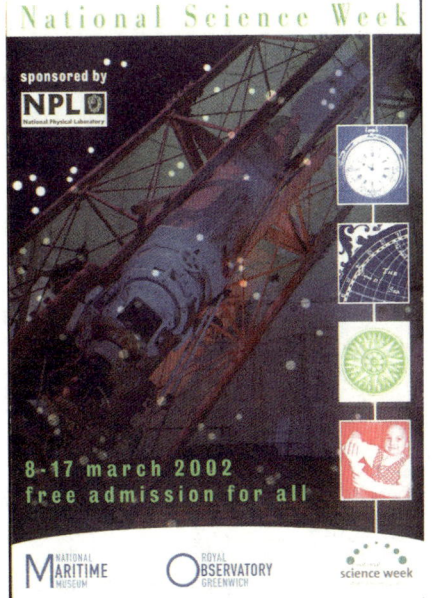

收集来的旧材料，终于在这一年的圣诞节建好了天文台，而费用仅仅比预算超支了 20 英镑 9 便士。

1676 年 7 月 10 日，年仅 28 岁的弗拉姆斯蒂德带着两名助手进驻天文台，开始了其作为第一位皇家天文学家的工作。在这里，他每年用来购买观测所需设备的费用并不多，只有 100 镑，为了弥补经费的不足，他不得不从事一些他所讨厌的私人天文学授课来补贴。但最麻烦的事还不是经费问题。他们在搬入之后才发现，为了节省建筑费用，原来准备用来观测的八角形观测室是在以前一个塔的地基上建造的，建筑的方位有些问题，不适于进行预计的观测。因此，弗拉姆斯蒂德只好在这座建筑的外面另搭了一座简易的棚子进行观测。在这里，他虽然没有最终解决经度的问题，却也做出了一些重要的天文发现。后来，又有几任皇家天文学家在此工作，本初子午线不断在东移，随着人数的增加，天文台也不断地扩建。

在天文台建起后相当长的时间里，航海时经度的确定问题一直没有得到彻底解决。为此，在 1714 年，议会以两万英镑的巨额奖金来悬赏，寻求对此问题的解决。在格林尼治天文台的展览中，很大一部分内容是与这一事件相关的。后来的故事，在那本普及性科学史著作《经度》中，已经讲得非常生动，非常清楚了。在英国，我发现《经度》一书确实非常畅销，各处都可见到其平装本。而且，它还是这位美国作者的第一本书。其实，她在此之后写的另一本名为《伽利略的女儿》的科学史著作也很流行，据说近来也有了中译本。

面对巨额悬赏，人们提出了各种各样的方案，在格林尼治天文台的展览中，甚至提到了有趣的"交感药粉"方案。按照当时的某种传说和信念，人们相信当一把曾刺伤人或动物的刀子粘上这种药粉时，就会唤起受伤者对原来受伤时痛苦的重新体验。基于此，如果把一批狗用同一把刀刺伤，并放到各个航海的船只上，每天中午，在格林尼治由一个人把这把刀插入交感药粉，于是不论带有狗的船只走到哪里，船上的狗都会同时狂吠，船上的人自然也就知道了标准的时间。对于这种方法，格林尼治的解说颇有些当代科学哲学的味道："人们很容易对此嘲笑，但即使在今天，有时也很难在被相信是科学的东西和在被认为是迷信的东西之间明确地划界区分。"

说明牌，上面写着：在时间与空间的中心，格林威治本初子午线

故事最后的结局多少有些出人意料：不是天文学家或数学家解决了这一问题，而是由一位年轻的钟表匠解决了它。细想起来却又在情理之中：经度的确定也是一个时间的确定问题。也就是说，如果能够造出适于在海上的恶劣环境下使用的计时准确的钟表，在出海时，对准时间，再与所在地的时间进行比较，就可以知道船只所在的经度。由于种种原因，这位名叫哈里森的钟表匠尽管出色地解决了经度问题，但却直到80岁那年才终于拿到了本属于他的那两万英镑赏金，其

间的曲折经历颇耐人寻味。格林尼治天文台现在已经不再用作天文观测了，但它拥有着非常珍贵的天文仪器等的收藏。在展出的展品中，就包括了哈里森最初制作的前四台航海用钟，其中第四台，已经是非常小巧了，并被誉为是"人们曾造出的最重要的计时器"。另外值得一提的是，在天文台的导游介绍里，在专门讲述各种钟表的发展的部分，还专门印出有中国"文革"期间所造的钟面上有红卫兵挥动红宝书的闹钟的图片。看来，"文革"留给他们的印象是极为深刻的。

"人们曾造出的最重要的计时器"：哈里森所造的第四台航海用钟

再往后的故事就比较简单了。随着铁路在英国的发展，必须有统一的时间，才好编制列车时刻表。虽然对此历史上也有过争议，但到1855年的时候，英国全国各地98%的钟表都已经采用了格林尼治标准时。1883年，美国也接受了以格林尼治作为零经度起点的时区划分方案。到1884年，在美国华盛顿举行的由25个国家的代表出席的大会上，以22票赞成，1票反对，2票弃权的结果，通过了沿用至今的以格林尼治作为本初子午线穿过的地方以及据此相关的一系列时间的确定和时区划分等方案。

走出展厅，来到院子里。在这儿，每隔1小时左右，就有一次名为"在地球上什么地方：在古代与现代对地球的测量的故事"的讲解，一位化了装的表演者一会儿扮作国王，一会儿扮作天文学家，惟妙惟肖的表演甚是吸引人，其内容也与展览大致相当。只是在最后，他告诉参观者：你们照相留念的那条本初子午线，实际上已经不对了，大约在 10 多年前最新确定的准确的本初子午线还要更偏东许多，但没有明确地标示。不过，作为一种纪念，作为一种普及，这是原来的本初子午线标志，即使只是

科普表演

一种象征，用来让游人们照相留念，也仍然是可以起到相当程度的科普教育作用吧。

　　离开天文台，来到山下的国家海事博物馆。这里的展览布置得也很有特色，介绍了与航海发展相关的许多历史，除了有一些实物之外，还有一位身着维多利亚时代装束的女士以讲故事的方式介绍因航海而得以到达印度的往事以及当时印度的各种风俗文化等，颇有些文化的味道。不过，因为在格林尼治天文台逗留得太久，这个博物馆也就只能名副其实地走马观花了。在这之后，我又"跑"马观花地浏览了一下相邻的收藏有不少绘画珍品的"女王宫"。

　　参观结束的时候，天已经黑了，但一天的行程却还没有完。乘地铁来到著名的威斯敏斯特大教堂时，发现这个周末不对游

客开放。灵机一动之间，我转而参加了在那里进行的晚祷，体会了一下那种与众不同的宗教气氛。尤其值得一提的是，在那里，我看到了相邻安葬的三位历史上最伟大的物理学家的墓或纪念碑，他们是：法拉第、麦克斯韦和牛顿。

威斯敏斯特大教堂

剑桥古老地圆教堂

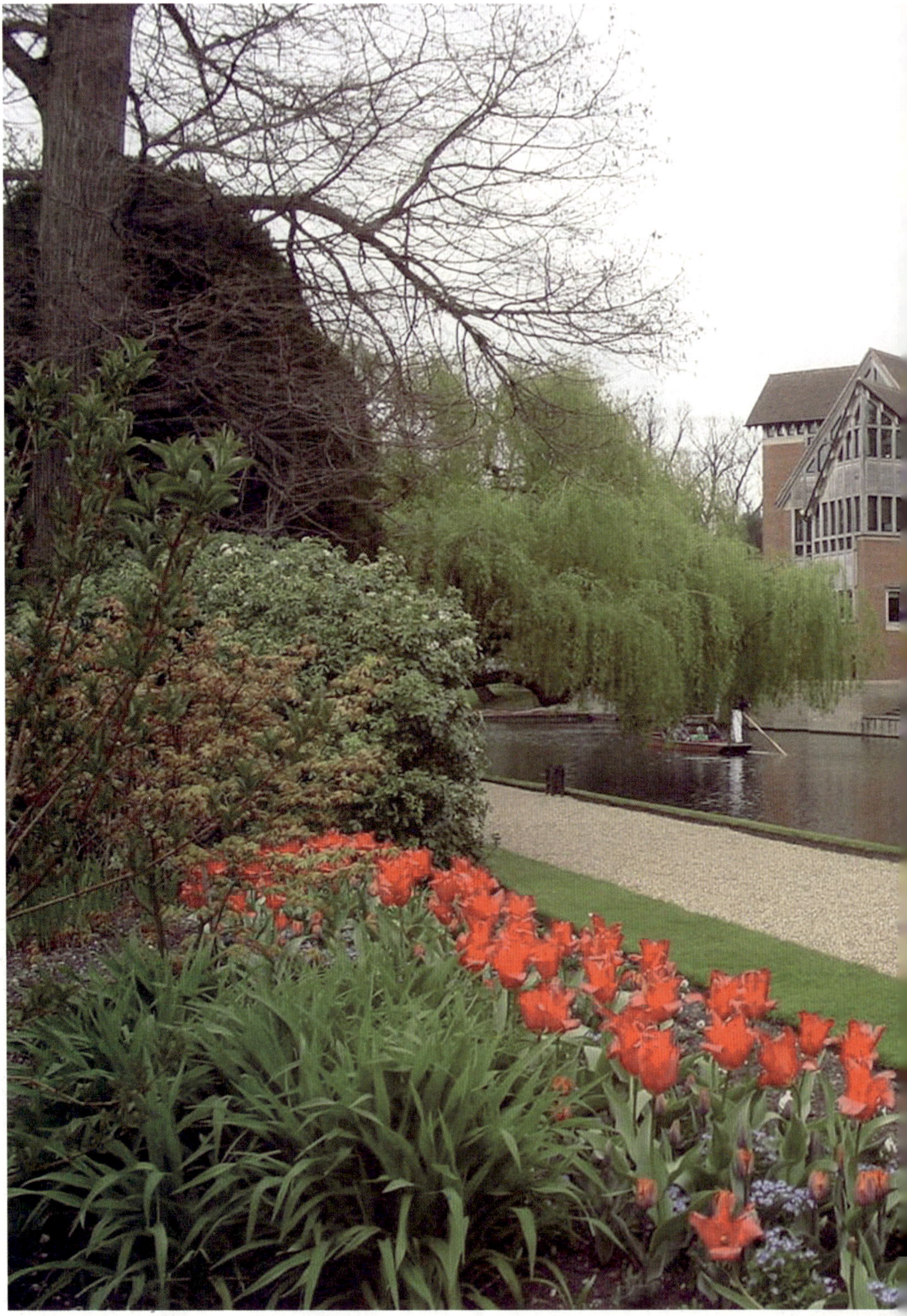

剑河风景

两个科学史博物馆

在世界上，尤其是在发达的西方国家，形形色色的博物馆的存在是很普遍的事。不过，专门以科学史为主题的博物馆却并不多见。这当然也并不奇怪。虽然像科学博物馆或自然史博物馆等都与科学史有着密切的联系，但科学史这一主题说大也很大，说小，与像一般历史那样的主题相比，也是小得很。不过，在剑桥和牛津，这两个英国以其大学和教育而闻名世界的地方，却各有一个非常不错的科学史博物馆。

惠普尔

剑桥的科学史博物馆又名"惠普尔科学史博物馆"，它于1944年作为一个大学的博物馆而创立，它的名字来自一位名叫罗勃特·斯图尔特·惠普尔的人。

说起来，惠普尔也是一个很有来历的人物。他曾在英国皇家天文台当助手，到了1898年的时候，他来到剑桥为一位著名的科学仪器制造商做私人助手，这位科学仪器制造商不是别人，正是著名的进化论提出者达尔文最小的儿子。之后，惠普尔成为那家仪器公司的负责人。除此之外，惠普尔还曾是英国许多专业学会（如物理学会、英国光学仪器制造商联合会等）中的重要人物。也许与他的专业相关，也

挂在剑桥科学史博物馆墙上纪念惠普尔的铭牌，上写着：创立者与赞助人

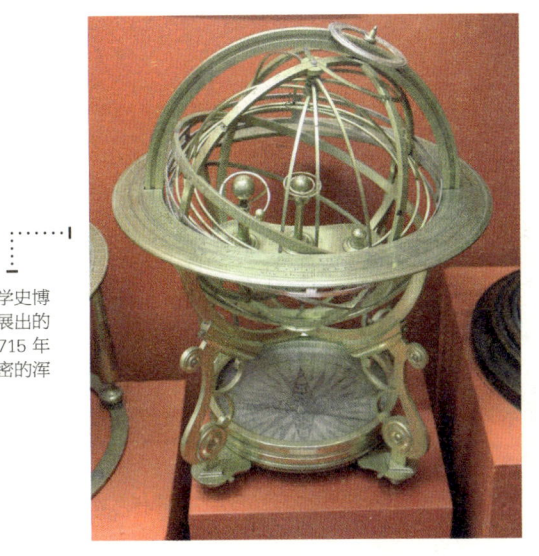

剑桥科学史博物馆中展出的造于1715年的托勒密的浑天仪

剑桥科学史博物馆展出的科学史上的重要仪器：空气泵

许是个人的兴趣，他毕生都在收集世界上的各种科学仪器。

1944年，惠普尔将他多年收集的上千件科学仪器以及上千本罕见的科学书籍捐给了剑桥大学，现在这些仪器和书籍仍是惠普尔科学史博物馆的重要收藏。在当时，这一举动可以说是出于捐赠者和接收者双方对于科学史之重要性的一致性认识。在惠普尔提供给剑桥大学的备忘录中是这样说的："重要的是，这个博物馆应该不仅仅是对历史上科学仪器安排适当的陈列室。它应该被设计并保持为一种对现代研究有价值的教育手段和文化附属品。"

不过，对于科学史的发展来说，1944年毕竟还是太早了些。因此，

剑桥科学史博物馆门口，剑桥大学的科学史与科学哲学系也在这个门内，此建筑原为剑桥大学旧日的物理化学实验室

剑桥科学史博物馆中的一个小展厅，柜子里放的是收藏的各种旧科学仪器，墙上写着鼓励参观者动手的话："是的，你可以打开抽屉。"

这些藏品在相当长的一段时间里曾被置于不同的地方分别保存，直到70年代剑桥大学科学史与科学哲学系成立后，才一并作为科学史系的一部分，有了永久的展出场所；而那些书籍，如今也成为剑桥大学科学史与科学哲学系的专业图书馆——"惠普尔图书馆"的重要藏书。

　　如今的惠普尔科学史博物馆在剑桥大学的博物馆系列中占有重要的地位。它与在剑桥大学物理化学实验室旧址的科学史与科学哲学系以及惠普尔科学史图书馆都在同一建筑中，进去参观，就等于进了科学史与科学哲学系的大门，而进入惠普尔图书馆，甚至还要先穿过这个博物馆的一边。毕竟空间还是有限，在展览大厅和楼上的小展室中，琳琅满目的收藏品陈列显得很是拥挤。目前，它的收藏已经包括了科学以及从物理学到颅相学、从磁学到显微镜学等应用的几乎所有分支，也将剑桥大学从16世纪至今各个学院和系所用过的众多仪器加入到收藏中。

　　除了一般性的展出之外，惠普尔科学史博物馆还将其工作进一步深化。例如，利用科学史与科学哲学系的力量，由博物馆和系里的教师与学生合作开发案例研究的专题展览，如"旅行者的科学""有吸引力的仪器"等，让参观者通过参观和学习以及自己的思考更好地理解科学史，更大限度地发挥博物馆的教育功能。这个博物馆还结合其收藏和研究，出版了 10 多种相关的专著，参观者如果对某一专题的内容有兴趣，可以同时购买这些著作来更深入地学习。正如该博物馆的馆长所讲，这个博物馆在科学史系的教学和研究中起着重要的作用。

我猜想，也许是由于经费的原因，这个博物馆虽然像剑桥大学的其他博物馆一样是免费参观的，但却只在周一到周五每天下午开放 3 个小时，也许这是唯一的不足之处吧。

与剑桥类似，牛津的科学史博物馆是牛津最重要的博物馆之一，因此旅游介绍上对它的介绍也很突出。就像牛津大学比剑桥大学要更古老一些一样，这座科学史博物馆的历史也

剑桥科学史博物馆的大展厅

牛津的科学史博物馆

要比剑桥的科学史博物馆更久远，大约在1924年就有了其雏形。它坐落于一座完工于1683年的古老建筑中，系原阿什莫林博物馆的旧址，也在牛津的市中心。虽然它无法与像现在的阿什莫林博物馆那样巨大的机构相比，但与剑桥比起来，牛津科学史博物馆的建筑和展览空间要好得多。与剑桥不同的是，牛津大学没有科学史系，所以，那里的科学史博物馆也就无法像剑桥那样依托于科学史系，而是成为牛津大学博物馆系统的独立单位之一。

按照该博物馆的介绍，它也兼具双重使命，既面向科学史的研究，也面向西方文化与收藏发展的研究。目前，它收藏有从古

剑桥科学史博物馆中科学家肖像画廊的一部分

牛津科学史博物馆的藏品：这些坛坛罐罐是从前"化学家"们用来盛放化学药品用的

牛津科学史博物馆的藏品：不同历史时期的各种显微镜

代到 20 世纪初的约上万件藏品，几乎包括了科学史的所有方面，尤其是对星盘、日晷、象限仪以及早期一般的数学工具、光学仪器，与化学、自然哲学和医学相关的装置的收藏非常突出。虽说它的展览空间较大，但在展品的布置上，依然给人以非常拥挤的感觉，远不像那些展览古代珍贵文物或绘画的博物馆那样，一件珍稀的收藏可以占据很大的空间。另外，这个博物馆也附属有一个不错的科学史方面的图书馆，有不少手稿、照片之类的收藏。从 1998 年起，它的网上展览也开始迅速地发展起来。而且，它还出版着自己的期刊。

据剑桥熟悉这两个科学史博物馆的专家说，实际上，牛津的科学史博物馆在管理和研究人员方面要更强一些。不过，没有依托于一个科学史系，这显然成为它的弱点。从直观上看来，它更像一个观光的景点。在这个景点中，给我留下了比较深印

剑桥大学塞奇威克地质博物馆

牛津科学史博物馆的藏品之一：爱因斯坦于20世纪30年代在牛津讲相对论时写在小黑板上的手迹

象的收藏，是一块爱因斯坦于上个世纪30年代来牛津讲相对论时写下的小黑板。

当我们大力倡导发展科学、发展科学教育、发展公众理解科学的事业时，像牛津和剑桥的科学史博物馆这样可以直观、生动地展示科学发展历程的、面向公众的宣传普及与研究机构，什么时候也能在中国出现呢？

展览中的环保

在英国，博物馆之众多，其收藏品之珍贵、独特，其展览设计理念之新颖，都经常是令人叫绝的。实际上，对许多英国人来说，去博物馆已是其日常生活、休闲乃至继续学习的一种重要内容。而且，那里有许多博物馆都是免费的，或者，在某些特定的日子会免费开放。到了周末，博物馆会比平常更为拥挤一些，当然，这种拥挤如果与中国国内相比，又简直算不了什么。对于有机会来到英国的访问者，参观各种博物馆当然应该是更重要的项目，可惜的是，除了特殊的以外，如名气最大的大英博物馆，一般那些旅游团，通常只是去一些可以让游客们拍照以便回去炫耀的景点，而忽略了众多更有文化意义的博物馆。

参观博物馆的收获，本来可以是多方面的。不同类型的博物馆有不同的风格，参观者也会有差别，但博物馆的布展设计理念，却又不仅仅是一个纯粹专业或者艺术性的问题。这里所要讲的，就是其中一个也许并不为许多人所注意的方面，即在各种展览中所表现出来的环境意识。对此，

考古学与人类学大学博物馆

考古学与人类学大学博物馆内景

可以举出 3 个实例为证。

在剑桥，各种类型的博物馆差不多也有 10 来个，其中一些是属于剑桥大学的，也有一些是私人的或慈善性质的。考古学与人类学大学博物馆，就是一所属于剑桥大学的博物馆。它坐落在剑桥大学一个大院中的角落里，大门一点也不起眼，门的墙上还镶砌着其第一任馆长的雕像。最初它叫考古学与民族学大学博物馆，后来改成现在的名字。它的收藏非常丰富，也是一座在很大程度上为大学教学服务的博物馆，通常正式展出的展品，只占其收藏的很小一部分。这里的展出，主要是面向公众的，一层为考古学内容，二层以上为人类学内容。

就在这样一个专门展示人类学藏品的博物馆的展出中，我注意到，有专门的一个展柜涉及环境保护的内容，而且带有鲜明的人类学特色。

　　这部分展出的标题是"回收再利用",以南非为对象。说明牌上的介绍中说,在整个历史上,回收的方法一直为人们所使用,以便把废弃物转变为有用的或者具有美学价值的物品。在南非,倡导组织起个人的努力,来促进这种自给自足的生产方式。以前被认为是废品的东西,被重新变为新的形式,这反映了当前的政治与社会转变。其背景是,过去在南非的殖民化和种族隔离带来了不公正的负担,而在今天,必须对之予以正视,以维护独立与平等。以前的政治结构把南非的黑人限于低人一等的地位,否认他们有平等的权利。由于1994年民主领袖被赋予权力,南非自身已经变成了一个新的国家。这个国家的再生的象征性表现遍及整个南非,最突出的是在新的旗帜上。彩虹,代表着人民的多样性,在旗帜中心Y的形象,表明在社会中多种成分的相遇,过去与现在联在一起,向前走向统一之路。而这一展柜所提供的内容,就是从一个侧面展示了政治力量是怎样被来自社会改革方面的动力所驱动。

剑桥人类学博物馆中的环保展柜

　　在这一背景下,展品所要表现的,是那些在南非近来的发展中,重新利用被废弃的东西,来为处于下层的人们提供生活资料

剑桥人类学博物馆中的环保展柜

和就业位置。这样的做法除了使处于下层的人们有了收入之外，还带来了环境意识和旅游经济。在展柜中，我们看到一些精美的工艺品，而这些工艺品都是通过对废弃物的回收再利用制作的。例如，一个漂亮的袋子，是用商店购物时用的塑料袋来编织的，这些塑料袋原来被乱扔在原野上，甚至有"南非国花"之称，而现在被收集起来重新利用。制作精美的摩托车模型是用各种废电线制成的工艺品。悬挂的飞机模型是用可口可乐罐制成的。被叫做"金刚碗"的工艺碗，是用"金刚牌"家酿啤酒的包装制成，被称为"幸运星碗"的工艺碗，则是用幸运星牌辣汁沙丁鱼罐头盒制成。如此等。展柜下方，陈列的就是那些原来作为废弃物而现在成为工艺品制作原料的垃圾。这些工艺品，利用废弃材料制成，又带有民族工艺的风格，再加上展牌说明的内容，环境保护的理念和与社会发展相关的人类学内容在这里融洽地结合了起来。

在英国，牛津是一个与剑桥齐名的著名大学城。在牛津，最大的一家博物馆叫阿什莫林博物馆，这家博物馆的藏品也有着悠久的历史，异常丰富，在其展出中，既包括了早至古代埃及的石刻、木乃伊这样的珍品，也包括各个历史时期全世界范围的名画与雕塑、历史上最名贵的乐器、各种各样的罕见的文物，还有大量当代的工艺品，甚至连中国皇帝的玉玺都收藏了

牛津阿什莫林博物馆中有关地中海环保的展柜

好几个。总之，它的展出是一种综合性的展览。但也就在这样一个内容丰富的综合性展览中，在涉及地中海文明时，竟不是那么协调但却又颇让人触目惊心地插入了一个特殊的展柜，讲的是目前地中海的污染问题。在展柜中，醒目地堆放着一堆垃圾。在说明标牌上，是这样来解说的："污染，是地中海的一个严重问题，对于像亚得里亚海这样封闭的海，问题就更加严重。这些物品是于1993年在15分钟内捡拾起来的。它们表明了部分的因为亚得里亚海沿岸政府当局，部分的由于旅游者们的不注意，而带来的对于环境的威胁。"

展览"我们与它们"的招贴画

第三个例子，是当我去考文垂这个著名的英国工业城市访问一位朋友时，那位朋友带我参观了该市的许多景点、文物和展览，包括在第二次世界大战被炸毁后又重新建造成特殊的现代风格的著名大教堂。在一个由该市政府负责的展览馆

展览"我们与它们"的招贴画

中，有这个城市的发展历史的详细展出，也有许多绘画和雕塑等艺术品。不过，在这个展览中，也专门布置了一个与环保有关的专题，叫"我们与它们"，讲的主要是动物保护问题。在几个展室中，有展牌、动物标本，也有专门的房间放映录像，内容是人类对于动物的种种捕杀、虐待，片子拍得血淋淋的，让人观看过后难以忘记。在对这个专题展览的介绍中，标牌上的说明以问题开始：作为一个热爱动物的国家，我们每年有多少金钱花在宠物身上？每年我们将多少金钱用于害虫控制？我们社会中有多大百分比的人对老鼠具有一种非理性的恐惧？有多少人会将老鼠当做宠物？问题在于，虽然人类与动物大不相同，但我们却是在分享着同一个星球。因此，展览的设计者呼吁人们应该对世界范围内我们给环境问题和伤害动物问题带来的影响产生兴趣。"此展览探索了我们对待动物的态度。它关注像对动物的恐惧、对动物的伤害、有害物种、宠物、伤害动物的血腥运动项目以及非法国际动物交易和收集等问题。"而且，展览管理者还专门说明，此展览的内容会经常改变，将增加来自参观者的贡献，探索新的论题。最后，用醒目的红字提示参观者：请欣赏这一展览，善待动物，当然，也不要忘了善待你自己！

走出剑桥

最为别出心裁的，是在这一展区结束的地方，专门布置了一间"忏悔室"，里面在座位前面有一个摄像机镜头。按照指示说明按下按钮，摄像机就会录下 60 秒钟参观者所谈的感受。这些录像经过编辑加工，还将在以后的展览中播放。

在前面谈到的 3 个博物馆或历史展馆的展出，其主题本来并非专门的环保内容。但由于环境保护这种理念的深入人心，展览的设计布置者都在某些地方插入了专门的环保内容，而且展出的形式也独具匠心。由此，我不禁联想，在我们国内的并非与环境保护专业有关的博物馆、展览馆中，各种类型、各种专题的展览里可曾有过这样的展览部分吗？

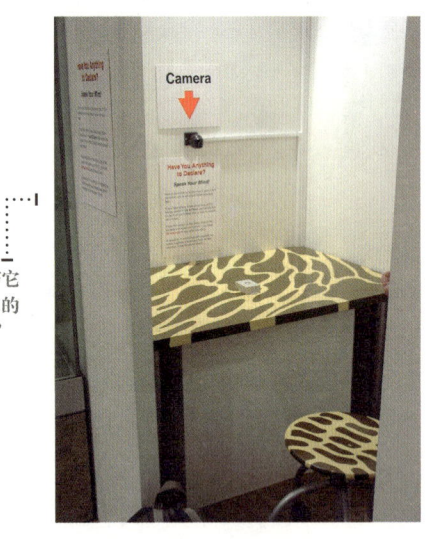

至少到目前为止我还没有见到过。

可见，相比之下，环境保护意识的普及，哪怕仅就宣传而言，在我们这里仍有诸多的欠缺。环境保护意识还远没有渗透到每一个可能的角落，更不用说每一个人的心灵深处了。

展览"我们与它们"结束处的"录像忏悔室"

剑桥古老地圆教堂

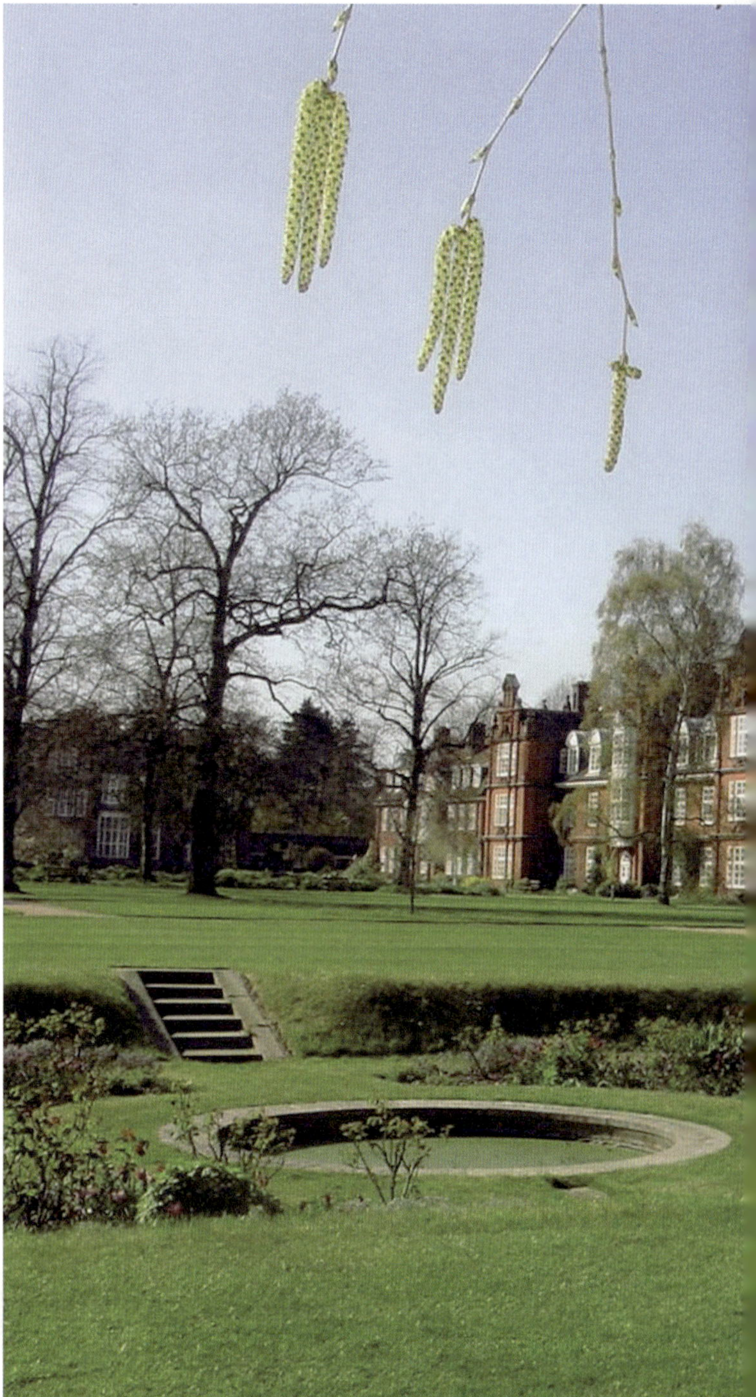

剑桥大学纽纳姆女子学院

伦敦科学博物馆中的历史展览

在英国的各种博物馆中，注重历史似乎是司空见惯的。即使在那些并不一定以历史展览作为主要倾向的博物馆中，参观者也经常会在展览中看到许多与历史关系密切的内容。而且，如果我们把注意力放到科学史上，也会经常有意外的收获。

牛津阿什莫林博物馆展出的古罗马医生及夫人的雕像

例如，在牛津的阿什莫林博物馆，我就曾看到有一个关于古代罗马医学的专题。在那里，既有古代罗马的大理石雕像"罗马医生与其夫人"，也陈列有古代罗马医生所用的医疗器械以及药瓶等文物，并配有详细的说明文字，总体地介绍古代罗马的医学，也详细地对展出的文物进行描述和说明。这几乎就是一个非常出色的医学史专题展览，而在其他地方，仅就能够看到那些古代医疗器械的实物来说，也是一件很难的事情。

类似的，如果与牛津的阿什莫林博物馆相比，伦敦著名的科学博物馆本来应该是一个更为注重当代、更多地展示最新科学技术成就的地方。确实，这个科学博物馆自从1909年从其母馆——维多利亚与艾伯特博物馆独立出来以后，一直就是英国普及科学的重镇，它拥有大约20万件藏品，约70个陈列室，也

· 156 ·

非常关注前沿，注重参观者的参与，在面向成年参观者的同时，也尤其注重对青少年的科学普及。但是，部分的由于时间，也部分的由于个人兴趣，我对之印象最深的，还是它的一些历史陈列。

从剑桥坐上火车，1个多小时到达伦敦的国王十字车站，不用出站，直接转乘地铁，便可到达科学博物馆所在的南肯辛顿。其实，这里也是一个博物馆的集中所在，除了科学博物馆之外，相邻的，还有颇有名气的自然博物馆以及号称是全球最大的收集装饰艺术及设计的维多利亚与艾伯特博物馆。如果想稍微仔细一些地参观，每个博物馆都看上一整天恐怕也不够，而我在计划中只有半天的时间，因此，只能极为粗

科学博物馆一层大厅

伦敦的自然史博物馆

略地、走马观花式地匆匆在科学博物馆和自然博物馆走上一圈，甚至不敢说这两个博物馆都曾转遍，只能把重点放在科学博物馆中我原来也未曾想到过内容如此丰富且带有如此珍贵藏品的科学史陈列的浏览上。

在科学博物馆的一层，有一部分名为"近代世界的建造"的科学技术史专题陈列。在说明中，布展者明确地指出："我们的历史就镶嵌在那些我们发明、制造和使用的物体中。"因为近代世界的建造是以一系列独特的人工制品表现出来的，它们标志着在技术和科学中的新开端，这些事件构成了我们的世界。在这一展览中，围绕着那些核心的进步，展示了一系列历史的研究，并以之作为对每个时代的一种评论。它也关注于每个时代的家庭、工作和娱乐中所见到的技术。而且，技术社会的发展在这里是用其产品来描绘的。这些物品使我们的生活和社会处于我们的发明、发现、成功与失败的环境中。

在一楼的主厅，分为3个展区。其中最重要的中心区域，按照从1750～2000年的编年序列展示了大量在科学技术领域里重要的"首次发明"。由于展品的异常丰富，这里，也只能提及若干给我留下较深刻印象的东西。

物理学，显然是其中非常突出的主题。而且，在展品中，也有一些非常难得的珍品，平常，作为物理学史的教学研究者，我也只能在照片上看到它们，如今能够目睹实物，实在是令人感叹。

即使对于一般公众来说，法拉第这个名字也是不陌生的。他作为电磁学的先驱者，对电磁感应原理的发现，奠定了与我们今天的生活密不可分的电的应用的重要基础。这一发现表明，当

法拉第的磁体与线圈

一个导线线圈在磁场中运动时，在线圈里会有电流流动。这一发现后来被应用于研制电动机、发电机等。在科学博物馆的展品中，就有法拉第在他的实验中使用过的磁体和导线线圈。看着那些100多年前的外观略显陈旧的简单装置，想到正是它们带来了我们今天生活中已经离不开的电的应用，让人有一种不胜感慨的心情。

在19世纪的科学发现中，能量守恒定律的发现是少数最为突出的重要发现之一。翻开如今的物理学教科书，在有关的部分，焦耳的名字首先会被提到。正是焦耳这位曼彻斯特酿酒师的儿子通过长期的实验，发现了热功当量，定量地表明热可以怎样转变成机械功以及相反的过程，而这一切，再加上其他人的工作，最终导致了热力学第一定律的提出。科学博物馆展出的焦耳的实验装置，正是我们经常可以在各种教科书的图示中，或历史著作的图片中见到的熟悉的形式，这一经

焦耳的实验装置

典的装置使用了旋桨来在容器中搅动水,使他发现了水温的升高与转动桨所用的机械功相关。今天,科学界将能的标准单位称为"焦耳",可以说是对这位先驱者最好的纪念。

从近代物理学史发展来看,在 19 世纪末 20 世纪初的物理学革命,是人类认识自然过程中的一次巨大的观念的转变,也为我们今天的物理学奠定了最重要的基础。作为这场革命的前奏或者说序曲,1895 年伦琴对 X 射线的发现是重要的事件之一,它与放射性的发现和电子的发现一道并列为当时物理学的三大发现。对应于此,科学博物馆也收集了一些与 X 射线的早期研究相关的藏品。

就在伦琴发现 X 射线的第 2 年,1896 年,英国就有了第一篇关于 X 射线的报告。这些发现引起了名叫雷诺兹(Russell Reynolds)的人的兴趣。据说,在他的父亲以及朋友克鲁克斯(William Crookes,也是阴极射线现象的开创性研究者)的参与协助下,他于同年制成了在这里展出的那套 X 射线装置。1938 年,他将此装置捐给了科学博物馆。雷诺兹也是放射学的开创者之一,他后来一直都在从事这一领域的专业研究。

除了雷诺兹的装置之外,科学博物馆还展出着也是制造于 1896 年的早期德国 X 射线管,按照展出说明,它与伦琴在其研究中所用的 X 射线管有着同样的形式。

X 射线的发现不仅拉开了物理学革命的序幕,特别是对于纯科学的研究意义重大,它在实际应用方面的意义也同样不可忽视。当然,对此人们最先、最容易想到的,是它在医疗中的应用。但作为一种研究手段,X 射线在科学的实验研究中也是重要的。在科学博物馆，也收藏有一些与此相关的早期装置。例如，英国物理学家布拉格父子，因其对晶体结构的研究而闻名。这里展出的，就有由英国物理学教授老布拉格（William Bragg）设计的X射线光谱仪，他曾用这套装置与他的儿子小布拉格（Lawrence Bragg）一起研究晶体的结构，并因此而一同获得了1915年的诺贝尔物理学奖。当然，对于晶体性质的理解在科学与技术发展中的作用的意义，就无需多谈了，因为正是从对普通的盐类、金刚石到复杂的有机化合物等结构的认识，才使得在化学、物理学、材料科学、生物学和医学中无数的进展成为可能。与此相关的，展出中还有英国科学家贝尔纳（J. D.Bernal）所造的X射线衍射照相机，它可以用来确定晶体的分子结构，这种技术最终为理解像青霉素、胰岛素和DNA的分子结构提供了关键性的方法。贝尔纳曾在皇家研究院使用过这一照相机。他是在晶体研究方面的重要人物。他的工作还包括了对分子生物学、生命的起源以及地壳的结构与构成方面的研究，并对科学的社会功能及科学史均有

布拉格的X射线光谱仪

贝尔纳的X射线衍射照相机

研究。在中国国内早就有中译本问世并颇有影响的科学史著作《历史上的科学》和科学社会学著作《科学的社会功能》，就出自这位号称"红色教授"的学者之手。

随着20世纪初物理学革命的发生以及随后对微观世界研究的更加深入，粒子物理学的研究从对原子的分裂开始浮出水面。科学博物馆的历史陈列部分在这方面也有表现。其一，是它展出的由美国实验物理学家劳伦斯在1932年制造的11英寸回旋加速器。虽然与今天的粒子加速器——它们现在几乎是最庞大的科学研究装置——相比，这个设备简直算不上什么，甚至有些不起眼，但它却是在最开始能够让人们将原子分裂的装置。它由劳伦斯建造，利用高频脉冲磁场加速粒子，让粒子在回旋中获得能量。科学博物馆毕竟是英国人所建，英国人也没有忘记在展览说明中提到，就分裂原子而言，英国科学家曾有过领先。在最初那场争先分裂原子的竞争中，本来是英国剑桥卡文迪什实验室的物理学家科克罗夫特和瓦尔顿在1932年6月获胜，他们合作建造了第一台高压粒子直线加速器，为此，他们"因为利用人工加速的原子粒子进行原子核嬗变的开创性工作"而分享了1951年的诺贝尔物理学奖。但就在他们二人的成功之后仅仅3个月的时间，劳伦斯就重复了他们的结果。而劳伦斯则早在1939年，便"因

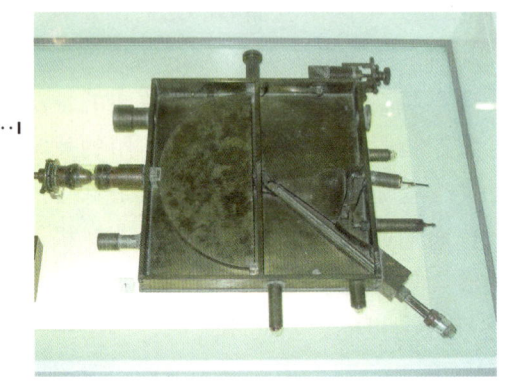

劳伦斯的回旋加速器

为发现和发展回旋加速器以及使用加速器所取得的成果,特别是有关人工放射性元素方面的成果"而获得了诺贝尔物理学奖。当然,展览的说明也相对公平地评论说,劳伦斯的这一装置与科克罗夫特和瓦尔顿在剑桥研制的加速器一起,开辟了现代粒子物理学。

粒子物理学一旦诞生,其发展速度就相当惊人。这里展出的一件体积比较庞大的装置,就是在1937年制造的百万伏粒子加速器。按照说明,它可以产生加速粒子所需的125万伏的高压。在第二次世界大战中,它被用来研究铀和钋的性质,为制造第一颗原子弹的曼哈顿计划做出了贡献。

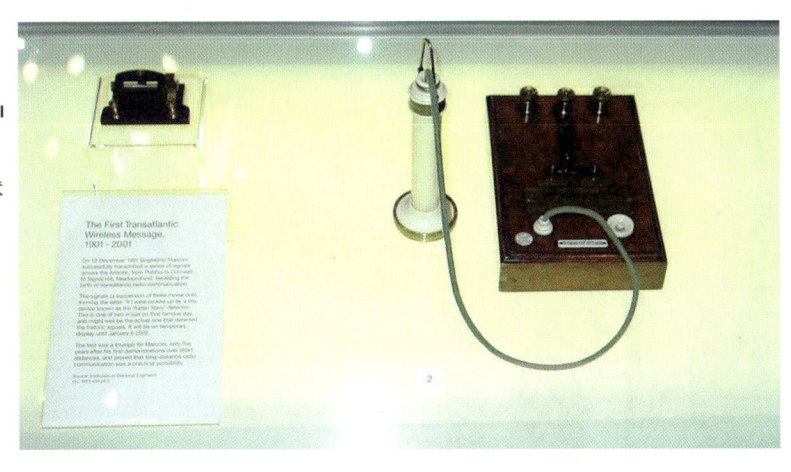

百万伏粒子加速器

无线电接收装置"意大利海军"(左)与贝尔的电话(右)

除了像物理学这样的纯科学研究的历史之外，科学博物馆也对技术的发展相当关注，甚至在某种程度上胜于对纯科学的关注。比如说，就通信技术的发展，在展出中，我就看到了电话的发明者贝尔（Alexander Graham Bell）在1878年制造的电话。实际上，贝尔先于1876年首次为电话申请专利。他也向英国的维多利亚女王展示了他的新发明，这部展出的电话装置，就是在1878年1月14日向女王演示时，成功地从南安普顿到伦敦之间进行了通话联系的装置。

贝尔的电话属于有线通信，而如今应用极其广泛的无线通信的鼻祖马可尼（Guglielmo Marconi）的工作，在这里的展览中也有所反映。1901年12月12日，马可尼成功地将一系列无线电信号传过了大西洋。这一试验是马可尼的成功，仅仅在他第一次短距离的演示之后5年，它表明了长距离的无线电通信在实际上是可能的。不过，在此试验中传输的信号，是由一个被称为"意大利海军"探测器的小装置收到的。这里展出的，就是在那个著名的日子里所用的两个小装置之一，而且很可能是实际探测到了历史性信号的那一个装置。能够看到它也是非常幸运的，因为说明指出，它只属于在2002年1月6日结束的临时陈列。

其他的一些历史上重要的技术

德国的 V2 导弹

1916 年造的福特 T 型车

发明陈列也非常吸引人，如 1916 年的福特 T 型车、1950 年在英国最早研制的通用电子计算机、1945 年德国的 V2 导弹（它的展出与英国在二战中的经历显然相关，说明中专门谈到，1944 年 9 月 8 日，V2 导弹最先落在伦敦，随后，大约 1100 枚 V2 导弹打在英国，杀死了 2700 人）。如此等等。不过，有两件展品是有其特殊的引人之处的。从中，我第一次知道了 19 世纪 70 年代与美国著名的发明家爱迪生分别独立地发明了电力白炽灯的，还有英国发明家斯万（Joseph Swan）。展览中陈列的斯万和爱迪生当时发明的灯泡，是他们向科学博物馆提供的各自发明的早期样品。正

爱迪生的电灯泡

· 165 ·

是通过他们的工作，在灯丝设计、真空技术和玻璃吹制方面的进展，使得灯泡迅速完善，并最终使得电力照明无处不在。

生物医学，也是科学博物馆展出内容的重要方面。引起我兴趣的相关展品，有1935年弗莱明（Alexander Fleming）研究青霉素霉菌的样品。并说明这一样品标志着青霉素从一种有趣的现象向一种潜在的药品的转变。最初，弗莱明在1928年发现青霉菌菌系渗出物可以杀死某引起细菌，但他并没有马上想到把它作为一种药物。后来在德国一家公司宣布生产出一种杀菌药后，他才改变了观点，把这一霉菌的样品给了圣玛丽医院，最终青霉素于1939年在牛津被分离出来，并从1942年起成为一种重要的药品。另外，展出的还有沃森和克里克于1953年发现了DNA的双螺旋结构。只是不知道这一模型是否真的就是当时他们亲手制作的原件，但至少看上去，是用很简单、很常见的实验室用品做成的。

弗莱明的青霉素霉菌样品

沃森与克里克的DNA模型（局部）

像以上所提到的那些挂一漏万的展出品，基本上还都是关注科学发现和技术发明本身，当然也关注其带来的社会影响和正面意义。不过，在这部分展出品中，也依然鲜明地体现出了陈列的设计者在对科学与技术的发展所带来的其他一些负面效应的人文

· 166 ·

关注。这一点，或许最明显地表现在基于对核物理学的发展介绍的背景中，与原子弹的研制与应用相关的展示。其实，这一部分的展示表面上看起来是非常普通的，甚至普通到并非通常意义上的"珍稀"收藏品，但那两件普通的展品，却实实在在、真真切切地带给人一种震撼。其一，是在1945年曼哈顿计划在美国新墨西哥州的原子弹试验中，熔化了的砂子的样品。它直观地告诉参观者核爆炸的威力。另一件展品，是一只普通的日本瓷碗，但它的非同寻常之处在于，它是在1945年8月6日原子弹在日本广岛爆炸后的废墟中找到的。展出说明中说到，这是一个典型的用来吃饭的日本瓷碗，核爆炸的热量竟然使碗的釉都熔化了。使用这个碗的家庭也因爆炸而消失了。大约78000人马上被杀死，随后50000多人也很快死去。而且，第二颗炸弹在3天后被投掷在长崎，至少杀死了60000人。

在原子弹试验中熔化了的砂子

广岛废墟中的瓷碗

对于这样的展览创意以及在其中体现出来的观念和倾向，真的是不需要再多说什么了。

其实在科学博物馆一楼的这部分名为"近代世界的建造"的科学技术发展史的陈列中，上面提到的那些展品只是陈列大厅中间的一部分。在两边，还有更多的展柜、更多的展品。展览说明中介绍说，其中左边的内容是"日常生活中的技术"，它表现了范围广泛的技术以及人工制造的物品，都是在家庭、工作和娱乐中可以见到的。它以适度的观点来看待技术，揭示

科学博物馆中的"计算史"和"数学史"展览部分

了技术创新和"高科学"（high science）如何迅速地渗入到我们购买和使用的物品中，表现了科学、技术和制造怎样达到我们的生活，影响了像医疗和音乐这样多种的领域。而在右边，则是分成了9个小区的分立的展览，特别关注历史与中心展览相关的历史主题。这些小区展示了在各个时代对科学技术的希望以及社会对其与科学之关系的反应方式。此外，还有一个模型通道，展出了与主要陈列有关的实际大小的模型。我想，在那些地方，肯定有更多值得认真参观的珍品。可惜的是，由于博物馆经常要对其展品进行整理，这些展区暂不开放，当我问过工作人员，知道在我离开英国之前，它们是否会重新开放仍不可知，也就只好在向那些因被隔离绳挡开而在远处看不清的展品再多看了几眼以后，带着深深的遗憾离开了这个展区。

其实，科学博物馆中有关科学之历史的展览还有许多。例如，有专门的部分陈列"18世纪的科学：国王乔治三世的收藏"以及"计算的历史"和"数学的历史"等，这里略去不谈。但设在科

韦尔卡姆医学史博物馆民族医学部分展出的一个雕像

韦尔卡姆医学史博物馆

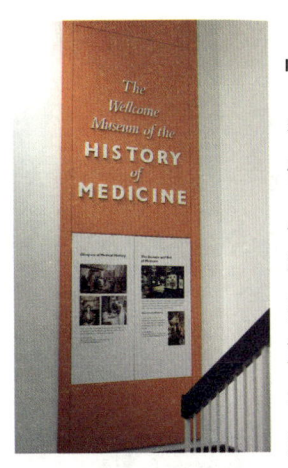

学博物馆6层的"韦尔卡姆医学史博物馆（Wellcome Museum）"却不能不提及。这个医学史博物馆实际上现在也是科学博物馆的一个部门，它是以一位大型制药公司的创立者韦尔卡姆爵士（Sir Henry Wellcome，1853～1936）的名字来命名的。韦尔卡姆本人也是一位收藏家，从1896年起，直到他去世为止，他收集了大量有关医学发展的历史文物，这些收藏构成了如今这个博物馆藏品的基础。1977年，这些藏品由韦尔卡姆托管会永久地借给科学博物馆展出。而从那个时候开始，科学博物馆也一直在更多地收集更近些时期的医史文物，尤其是20世纪的文物。

也许是由于楼层太高，也许是由于内容太专，这个博物馆里参观者不多，静静的，倒真适合于有专门兴趣的研究者，而且展览布置得很好，放置了许多非常珍贵的展品。这些展品的时间跨度，是从史前时期，一直到最近，以编年的顺序排列，并分成了不同的主题，从美索不达米亚和古代埃及，到希腊、罗马时期，到伊斯兰，到中世纪，到科学革命时期，

韦尔卡姆医学史博物馆中有关詹纳的展柜

· 169 ·

医学与战争展览中关于
医学与核武器部分

再一直到20世纪。在展品中,有两项让我记忆犹新。其一,是关于"詹纳与天花",在展柜中陈列了詹纳种痘的各种用具,甚至还有他的一撮头发,当然,说明也很详细。其二,就是列文虎克的显微镜,只不过它是复制品,但让我惊讶的,是它要比我平常所想象的小得多得多。

虽然是医学史博物馆,但除了常规的历史专题之外,也还有像"医学与战争""世界健康"的专题。在前一专题中,像"医学与核武器""原子弹与医学",被置于突出的重点,表现出明确的反战与和平的观念,而在后一专题中,"第三世界的健康问题"也成为被关注的重点。除了编年顺序的历史,在博物馆的中央部分,还非常突出地展出了有关"非西方有文化的社会",如印度和远东以及其他类似地方的民族医学实践。在这部分,从那些展出的雕塑、用品来看,确实与今天流行的西方医学大相径庭。如果用某些极端科学主义者的立场来看,显然会被毫不犹豫地归入"巫术"或"伪科学"一类。但是,这些成为医学人类学、专业的医学史的研究对象的非西方标准医学,又确实在这个博物馆中占据着"中心"的地位。也许是偶然,也许是因为布展设计的方便或美观的原因,无论如何,这样一个格局,倒真是件令人深思的事,又似乎成为某种象征。

巴斯的古代浴池

美术馆中的科学

国立美术馆

哪怕对于一般的游客，如果只在英国的伦敦待上很短的时间，国立美术馆（National Gallery）也应该是必去之地。因为，正像在一本导游书中所介绍的："这是全世界最值得一看的美术馆之一。事实上，国立美术馆所收集的 2000 多幅油画，是一连串的杰作，正好说明了欧洲油画从 13 世纪到 19 世纪的发展故事。"这座享有盛名的艺术宫殿，坐落在伦敦著名的特拉法尔加广场，从 1838 年开始的悠久历史，再加上 1991 年新开张的由超级连锁零售商资助建设的山斯伯里侧楼，新旧风格交相辉映。当然，更重要的是其藏品的丰富与珍贵。66 间陈列室中展出的大量精

国家肖像画陈列馆

美绘画,即使用一整天的时间来参观,也不过是走马观花而已。

出了国立美术馆大门向右转,在同一座联体的建筑中,就是另外一个著名的美术馆——国家肖像画陈列馆(National Portrait Gallery)。还是按照导游书的介绍:"你可以在这里看到许多熟悉的人物,从都铎王朝的国王、蒸气式发动机发明者到最喜爱的小说家。这里展示着影响英国历史各个方面的林林总总的人物。美术馆从上到下,按照时间的顺序展示出的人物,有聪明慧黠、天赋优异和成就非凡的,也有美丽与丑陋、善良与邪恶的对比。每一幅肖像都引人入胜,清楚的标示说明了那些可能不是家喻户晓的人物在历史上的重要性。这里只要一次就能参观完,即使随兴看看,馆中的收藏也能让你走一趟绝佳的英国历史视觉之旅。"这个美术馆藏有大约1万张肖像画,展出的只是其中的一部分,不同楼层、不同时期的展室,设计的风格从非常古典到极度现代各不相同。这个美术馆也许对于外国游客的吸引力不如国立美术馆那么大,但也绝对值得一看。只是大多数游客如果想一次参观的话,在看完了国立美术馆之后再来这里,所剩的时间已经不多,是绝对无法充分领略其展品的精美和历史意义的。

不管怎么说，这两个美术馆毕竟主要是艺术性的展览场所。绝大多数参观者也自然是冲着欣赏绘画艺术的精品而来。确实，在国立美术馆的展出中，世界级的珍品为数甚多，远一些的，有如文艺复兴时期的大量绘画以及梵·高的《向日葵》等，像在其他国家的美术馆中一样，我最喜欢的，仍然是莫奈的油画作品。尽管在欣赏达·芬奇的《岩间圣母》时，我会联想到科学史家萨顿在写作达·芬奇的传记时对此画的提及和对达·芬奇的科学研究与绘画之关系的论述，尽管我也注意到这里展出的绘画中有时出现一些与科学和技术的发展相关的内容，但总的来说，作为一个美术馆，它所展出的这些艺术作品与科学这样的主题毕竟相距甚远。至于国家肖像画陈列馆，虽然在前面的介绍中也提到了像蒸汽机的发明者的肖像，大多数肖像也毕竟是科学界以外的人。

但是，在参观了这两家美术馆之后，我在旧书店里淘到的两本书，却使我在很大程度上改变了以上的想法。

这两本书虽是在旧书店中发现，价格也相当便宜，至少按照英国的标准是相当便宜，但书本身却并不古老。其中，一本书名为《艺术中的科学：在国立美术馆中展现了科学与技术之历史的作品》，是1997年由英国科学史学会出版的。而另一本《容貌依旧：科学与医学肖像画，1660～2000》，

《容貌依旧》一书的封面，封面上的肖像为天文学家赫歇耳

则是一家出版商与国家肖像画陈列馆合作于 2000 年出版的。

再加上这两家美术馆都不像大英博物馆或科学博物馆那样允许参观者拍照，所以，事后再翻看这两本书时，除了可以温习参观时的感觉之外，也不禁对这两家美术馆的展出与科学的关系更有了一些思考。

第一本书，是专门针对国立美术馆的展出而写作的。它几乎是对这个美术馆的展品的一项科学史研究。而在该书的导言中，也以主要的篇幅来讨论科学史研究对文字以外的史料的依赖的可能性与意义。也就是说，编者认真地研究了每一幅藏画，在其中许多的藏画的画面中发现了一些与科学和技术直接或间接相关的内容，将这些发现分门别类地，按年代顺序一一进行解说，并将一部分有关的绘画整体或相关局部印出。

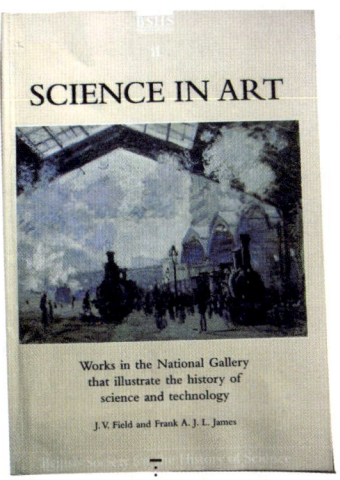

在这本书中，看看作者的分类方案是很有意思的。作者将其发现共分为 11 类，它们分别是：关于与科学有关联的人的画或由这样的人画的画；包括有科学活动或相关物品

《容貌依旧》书中的一页

《艺术中的科学》一书的封面

国立美术馆所藏怀特1768年所绘的一幅名为《空气泵》的油画，此画展示了18世纪初面向公众的科学讲座的场景

的绘画；镜子；科学的信息；气象学现象；水车；风车；家用技术与低技术（low technology）；运输；19世纪的新技术以及鲍里斯·安里普（Boris Anrep, 1855～1969）的马赛克地板。当然，在各个分类中，彼此间也有些交叉，一共分析了150幅画，其中以"家用技术与低技术"和"运输"两类涉及的画作最多。在我们现在理解的意义上，与科学和技术的发展关系更为直接的内容也有许多。诸如像在15世纪德国画家霍尔拜因（1497～1543）

《容貌依旧》一书中所收录的瓦特的雕像，此雕像现存于英国伯明翰的圣玛丽教堂

国立美术馆所藏英国画家透纳 1838-1844 年间所绘的名为《雨、蒸汽与速度》的画，此画展现了当时英国铁路的发展

的肖像画中绘制清晰准确的科学仪器和乐器，或怀特（Joseph Wright of Derby, 1734～1979）所画的展示 18 世纪说明空气的性质的科学讲座的场面以及所用的空气泵等。而 19 世纪英国著名风景画家透纳（Joseph Mallord William Turner, 1775～1851）所画的一幅名为《火车、蒸气与速度》的画，在实际参观时就曾给我留下了深刻的印象，在书中也有明确的解说，说这是一幅表现了铁路火车的热情洋溢的绘画，画家本人曾在刚刚开通了不久的一条铁路上乘坐火车，画上的火车正在蒸气的笼罩中通过一座桥梁。这幅气势磅礴、风格独特的绘画，显然是对火车这一新的技术产物的某种带有感情色彩的反映。

与《艺术中的科学》相比，《容貌依旧》一书是一本印制

英国生理学家、诺贝尔奖获得者霍奇金的肖像

更为精美、带有大量彩色插图而且更属于学术性研究的著作。正因为其插图印制的精美，使得即使不是全部通读此书，仅仅欣赏其中的肖像，也是令人愉快的一种把玩。这部著作所涉及的内容，有一部分是国家肖像陈列馆中的肖像，也有许多是在其他地方所收藏的作品。从书名中也可以看出，它将狭义的科学家与医生或医学家相并列，反映出与我们这里通常将医学包括在广义的科学中的习惯有所不同。

在英国，在许多地方都可以让人感受到那里的肖像画及其陈列的悠久传统，这种传统显示出一种对于学术和文化的尊重。例如，剑桥大学各个学院的饭厅，就是该学院历史上名人肖像集中展示的地方，而其他像会议室、图书馆等处，也经常可以看到相关的人物肖像。当然，如果你去参观各种皇家和贵族的宫殿，家庭人物的肖像更是几乎无处不在。《容貌依旧》一书的问世首先是与在国家肖像陈列馆的展览相关，但此书的研究相当详细，在3个多世纪的时间跨度中，除了绘画和摄影之外，甚至将表现在像雕塑、徽

国立美术馆所藏的一幅德国画家霍尔拜因1533年所绘的名为《大使》的画，画中两层的架子上放有各种与科学相关的物品

剑桥大学三一学院饭厅一角，从照片中可以看到墙上悬挂着许多人物肖像

章、书签、邮票、钥匙链乃至饼干食品上的科学家形象都包括在研究的范围之内。而且，首先它进行的是一种类型研究，将科学家的肖像进行了分类，针对肖像的形式和特点、时代背景、科学背景、表现方式，肖像中人物的身份认同，公众对科学、医学和技术的概念的理解，对科学家和医生的态度的变化以及一些文化哲学背景如何影响了公众对研究者如何从事研究工作的理解等问题，进行了深入的分析。尤其是，作者作为一位在大学中工作的视觉艺术教授，却曾出版过有关性别与科学和医学的研究专著，从而我们不难理解，为什么作者在《容貌依旧》一书中专门辟出约占全书四分之一篇幅的一章来从性别的视角进行分析研究。

从这本书的参考文献中，可以看出，在西方，对于肖像的研究几乎也成了一门显学。相应的，像《容貌依旧》这样的研究，只是将肖像研究具体到科学与医学的对象上而已。这也让我联想到，即使在科学史的研究中，西方学者也已经将范围拓展到文字史料之外，在剑桥大学科学史与科学哲学系，就开设有专门关于视觉表现与科学史之关系的课程，而我也曾遇到过那里正在以18世纪的书籍插图来研究博物学史作为博士论文内容的研究生。

总之，像这样的研究，既是一种学术的拓展，又为公众理解视觉艺术提供了学术的基础，也可以说是将艺术与科学、医学以及艺术与学术联系、沟通的有益努力吧。

《容貌依旧》一书中收录的天文学家赫歇耳兄妹的画像

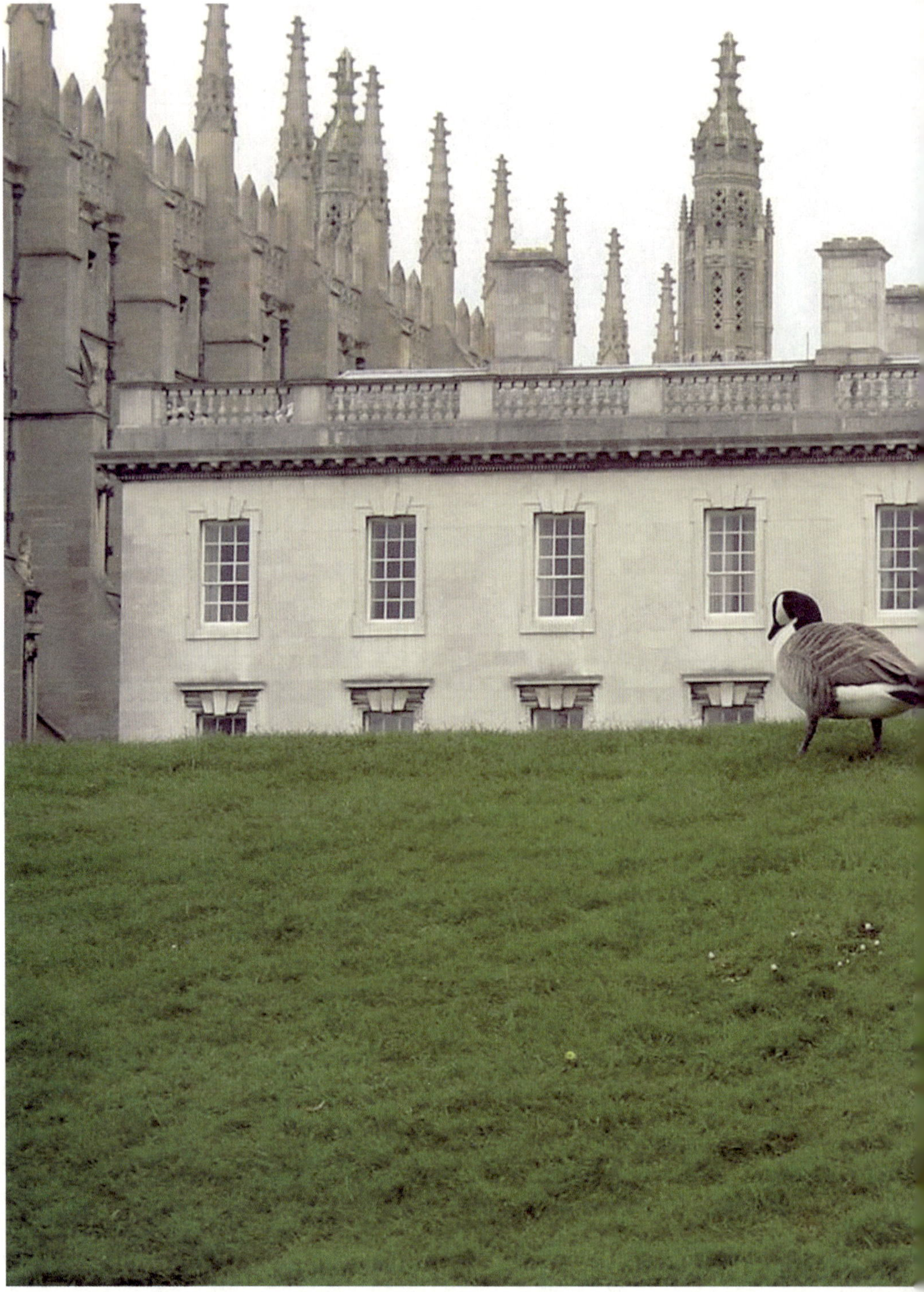

剑河风景：剑河岸边

弗罗斯特罗之行

从伦敦出发乘火车向南行驶 1 个多小时，先到达一个小城，然后，再经过大约 5 英里的路程，就会到达一个名叫 Forest Row 的地方。我在一本中译的英国导游书上找到了这个地方，它以音译的方式被称为"弗罗斯特罗"。如果按照字面的意思直译的话，它该有一个好听的名字——"森林之路"。

弗罗斯特罗是一个地道的小村庄，没有什么名气，以至于当我问起在剑桥的许多英国朋友，他们也都不知道有这样一个地方，而大多数来英国访问的中国人恐怕就更不会想起要去那儿了。我的弗罗斯特罗之行完全出于偶然：一位朋友在那里读书，提起来时，她说那里景色很好，过去曾是皇家打猎的地方。于是，在一个周末，我踏上了"森林之路"。

动身的时候居然赶上了一个难得的晴天——这可真不容易，就像这里人们常常用揶揄的口气所说的："这是英国"。可是

弗罗斯特罗
田野风景

爱默生学院的教学楼

在路上，不知什么时候就开始下起雨来，好在当我到那里时，雨已经停了。阳光下的弗罗斯特罗果然与剑桥大不一样，当然就更不用说像伦敦这样的大城市了。浸润在雨后清新空气中的弗罗斯特罗呈现出一派典型的英国乡村的景色，四下望去，满眼都是大片大片的牧场，除了在村子的中心偶尔可以见到些人之外，稍走出去些，几乎就见不到什么人影了。就这样走着、看着，人似乎也溶入了自然之中。

朋友读书的地方是一所名叫爱默生的"学院"(Emerson College)。它显然与剑桥或牛津这样的名校不一样，甚至可能连英国三流学校都排不上。或许正是由于这个原因，它的名字和弗罗斯特罗一样不那么为人所知。不过，就是这样一所看似不起眼的"学院"却另有一番特色。几年前，我在作为"自然之友"代表团的成员去德国考察环境教育时，曾参

爱默生学院的教室

观过位于汉堡附近的一所"鲁道夫小学"。记得那里的人曾介绍说，他们的学校属于一个特殊的教育体系，在世界范围内都有分布。其主要的教育理念基础，是由一位名为鲁道夫·斯坦纳（Rudolf Steiner）的学者奠定的，即所谓的"人智学"哲学。人智学（anthroposophy）这个词在我身边的字典中查不到，听那位朋友说是这样的译法。这种学说强调的是在人类生活中物质、心理和精神之间的相互作用，通过各种精神的体验和探索，来获得一种对生活和自然的理解，并获得更大的内心的自由。而这所爱默生学院正是以这种哲学观念和教育理念为基础，专门为世界各地的鲁道夫学校培养师资的。

英国的大学，其考试方式与国内大为不同。拿剑桥大学来说，它更注重学生自己的探索和研究，在硕士学习的成绩中，论文写作占有很重要的地位，而博士学习甚至不需要修专门的课程。但尽管如此，学业的压力还是相当巨大的，竞争也异常激烈。而爱默生学院则与此完全不同。在那里，学生来自世界各地，他们的学习几乎没有任何压力。学院鼓励的是参与、动手、交流和表达。一门课程最后通过，甚至很可能只是通过一件绘画作品或一首乐曲的演奏来表达。这种独特的学习方式使它看起来完全不像一所正规的大学——甚至按照常规的观点来看，它似乎还有一些伪科学的味道。但是，它却在以这样一种特殊的方式

弗罗斯特罗田野风景

爱默生学院的学生

实践着自己的教育主张，并在世界各地产生着某种影响。

爱默生学院开设有多种的课程。从我的那位朋友正在学习的第1年的"基础学习"（Foundation Studies）的课程介绍中，我们可以看到其课程设置的目标有如下几点：①增进社会化的意识，增进对于在我们自己和团体之间关系的更深刻的理解；②探索宇宙与人类意识的演化，对何为人类的常识性观念提出挑战，指出内在发展的途径；③鼓励一种与同时是精神的和科学的环境的联系；④在表现学生自身创造性本能的过程中，将内心固有的力量转化到艺术和工艺的作品中；在艺术、科学、医学、农业、教育和当今的社会生活中，提供对人智学所起作用的实际理解。当然，这只是一些抽象、理论化的说法，在这个学院具体的教学中，却是以各种具体、生动的方法来实现这些理念的。爱默生学院相当极端地鼓励学生动手、交流和体验，这一点对我们的教育来说可能不无借鉴之处。但更重要的是，在英国这样一个地方，完全地允许了这样一种多元化的教育的存在。这本身就是耐人寻味的——无论在我们的环境教育还是一般教育中，也许最缺乏的倒不是一种或某几种教育思想，而是对多元化教育方式的宽容。

离开弗罗斯特罗的时候，天又在下雨了。毕竟，"这是英国"。

伦敦皇家基尤植物园中的达利作品雕像

剑桥大学邱吉尔学院

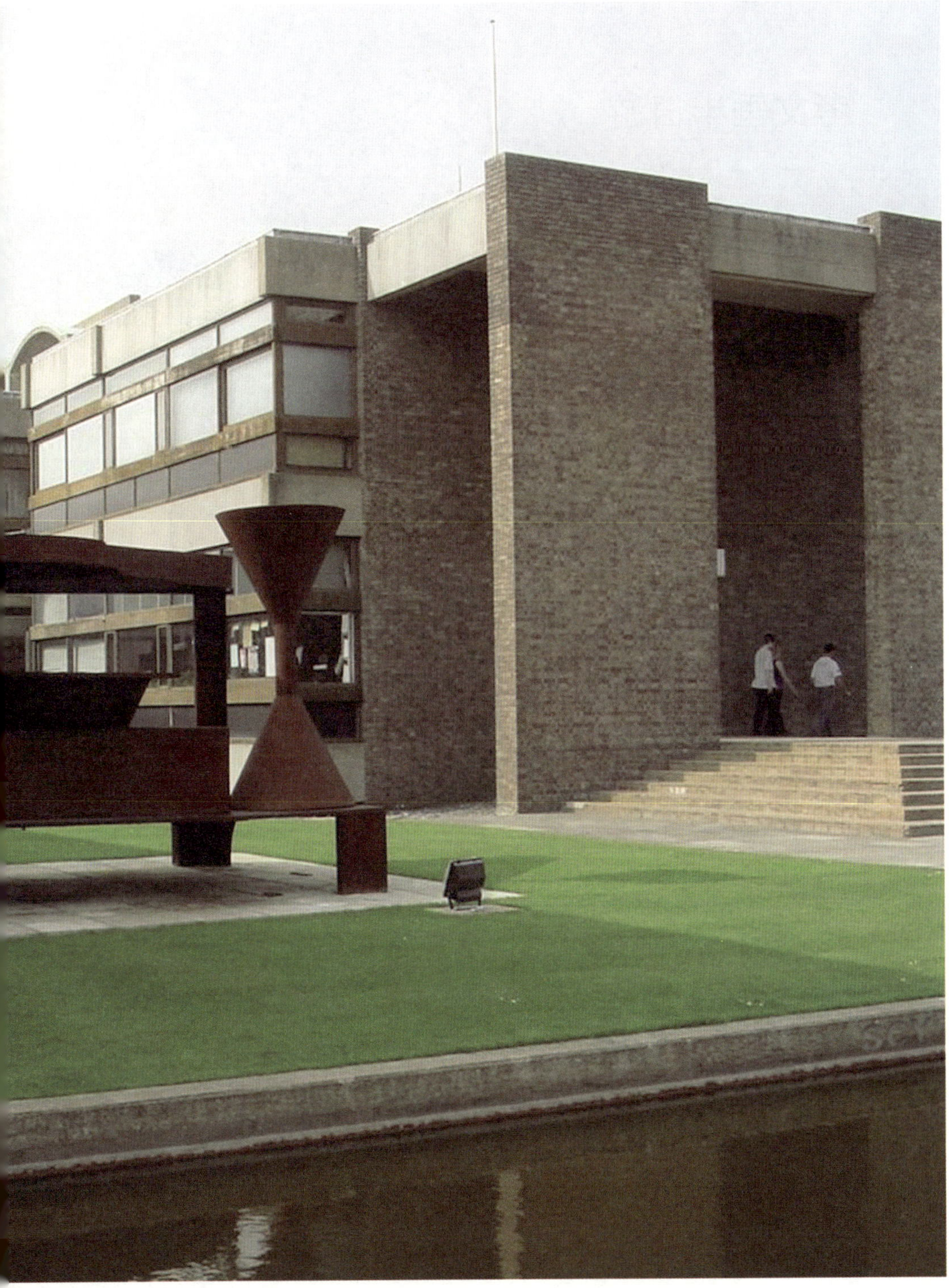

考文垂半日游

考文垂的旧建筑

　　从北京刚刚到达英国伦敦时，按照通常由教委资助的去英国人员的惯例，也为了第2天到大使馆办手续方便，没有直接去剑桥，而是在去英留学人员中有着"51号兵站"之称的接待处住的第一夜。在那里，也曾再次体会到官僚式管理的官气与冷漠，不过，这里不多说。但也正是在那里，遇到了同日到达英国的几位留学人员，并相互留了通讯地址，总算还是有所收获。其中，有一位是中科院来的访问学者，要去考文垂大学工作。既因为原来我也曾多年在中科院工作，有些渊源，也因为在我极为有限的英国地理知识中，曾听说过考文垂这个城市的名字，于是，在后来的联络中，既在剑桥接待过那位朋友，也终于找了个机会，去了考文垂，一并参观了离那里不远的更有名的游览名胜之地——莎士比亚故乡。

一早起，坐上长途汽车，快到中午时，才到达考文垂，约好的朋友已经来车站接我。因为第2天还要去莎士比亚的故乡，因此，只剩下半天的时间能够在这个小城中参观。日程，当然是紧张极了。幸好在当地有熟人，可以最大限度地掌握信息和选择最佳路线，于是，根据朋友的推荐，再加上自己的选择，匆匆地上路，由近及远，在朋友的陪同下，开始了半天的游览。

第一站，是我选择的一家玩具博物馆。通常，这并不是来这里的游客的必到之处，但因为我从未参观过玩具博物馆，很有些好奇心，加上它正好处在距行程起点很近的地方，便将它作为第一个观光点。这是一家规模很小的由私人经营的博物馆，在一座14世纪的建筑中，只有小小的正门。买过门票，进去后，是可以沿着窄窄的楼梯上去的小楼。一、二两层为展室，每层的展室面积也就不到20平方米，三层则是主人居住的地方。虽然展室面积不大，但这所博物馆主人收藏的

玩具博物馆外景

玩具博物馆内景

玩具博物馆收藏的中国娃娃

玩具博物馆收藏的皮影玩具

1740～1951年间的大量藏品，却有些超紧密地摆放，或者说几乎是堆积在里面，连天花板上都尽量利用空间挂着像玩具飞机模型之类的东西。其实，我对玩具根本没有研究，也不知其展品的价值，初看上去，这里的收藏品大多并不是什么特别值钱的东西，大多显得有些破旧，也许正是在这种破旧之中，体现了英国玩具发展的历史。要是没有多年的积累、耐心和兴趣，绝对是无法收集得如此丰富的。这里甚至还有些玩具看上去带有明显的中国风格，比如说，穿着中国服装、具有中国人的长相，手中还抱着琵琶的仕女玩偶，只是不知是否真的为中国制造，但用来演出的皮影戏的皮影用具，其中国渊源却无可怀疑。据说，英国各地玩具博物馆有许多家，世界上就更多了。但让我联想到的是，在像考文垂这样一个小城市，由私人来收集和经营这样一家参观者很少的玩具博物馆，仅靠门票收入（门票也很便宜，只有两英镑），显然从经济上来说是无法维持的。但另一方面，它又确实是一种文化的显现，可是，究竟是由什么样的机制来支撑着这样的对文化的保存呢？

　　出了玩具博物馆，沿街看了一些中世纪的建筑遗迹，有详细的说明牌，保护得很好。接着，是参观"赫伯特艺术画廊与博物馆"。它的展出分成几个部分，主体是对于考文垂1000年发展历史的展览，中间还设有名为"我们与它们"的环保展（我在本书的另一篇文章"展览中的环保"中已经介绍过，这里不再多讲），还有一些艺术品的展出。让我感到有趣的是，在一间陈列着许多金属雕塑展品的展室中，中间放有两块抽象的石头雕塑，一块牌子上写着："你想触摸雕塑品吗？请触摸展室中间的两个石雕。我们希望你不要触摸金属制成的雕塑，

前排是两个鼓励参观者触摸的石雕，后面则是要保护的金属雕塑

因为这样会磨掉它们上色的表层。人们手指上的油脂和脏物会腐蚀金属，却不会腐蚀石头。请帮助我们为了未来各代人保护考文垂的遗产。"如此处心积虑，既照顾参观者的心理，又委婉地劝说，工作真可谓是做到家了。

在这里的历史展览中，对于考文垂历史上的一位最著名的女英雄，有"考文垂第一夫人"之称的戈迪娃（Godiva）的故事给予了特殊的强调，并有一幅珍贵的反映这位女英雄事迹的油画原件。传说大约在9个世纪前，考文垂的君主的夫人戈迪娃请求她的丈夫减轻对城里居民过于沉重的税赋，在她不断的坚持要求下，她丈夫许诺说，如果她敢裸体骑马从城市的一端走到另一端，就答应她的要求。而戈迪娃，则为了民众的利益，真的勇敢地、惊世骇俗地这样做了，并因此赢得了当时众人与后人的景仰。另一个相关的传说是，在戈迪娃裸体骑马前，曾告诫城里的居民关门闭窗，但一个叫汤姆的人经不住诱惑，偷偷从窗户中看了一眼，结果，遭到了双目失明的报应。在另一处展出这幅油画的复制品的地方，边上还专门摆放了一个汤姆偷看的雕像。戈迪娃的故事确实成为考文垂最有名的传说，在我后来参观的旧市政厅里，也有她的大

|·········| 旧市政厅中的戈迪娃雕像

考文垂大教堂，右边是新建的部分，左边是被炸毁的残留部分

理石雕像，在市中心的广场上，更有一座她裸体骑马的青铜塑像，而不远处的建筑物的墙上，一个有明显标记的地方，据说就是汤姆偷看之处。这一传说中的动人故事以及它所负载的道德寓意，就这样以一种传说中的历史叙述反映在今天的考文垂。

对于绝大多数来这里的旅游者，天主教大教堂是不可不去的地方。这座历史悠久的教堂在第二次世界大战中，于1940年11月14日被空袭的炸弹炸毁。在教堂被炸毁的第2天早上，当地就做出了要重建它的决定。1956年，英国女王为紧挨着废墟重建的新教堂奠基，直到1962年5月25日，新教堂最终完工并开放。这座重建的教堂与传统的教堂迥然不同，在设计上极为独特，从整体到局部，从别具一格的彩色玻璃的安置，极高大空旷的主厅，到小忏悔室和一切装饰的设计，都体现出

考文垂的中世纪建筑遗址

一种非常现代,甚至在某种意义上可以说是有后现代意味的风格。它现在已经成为考文垂这座城市最重要的标志性建筑,也是对外来旅游者们来说最具吸引力的参观景点。

看完教堂,旧市政厅,看过市中心的广场,看过城边最古老的石桥,看过街道上极具英国传统风格的老建筑,当我与那位陪同我参观的朋友来到考文垂另一著名的去处——英国道路运输博物馆时,距这家博物馆闭馆的时间只剩下半小时了。

从19世纪末开始,考文垂就有了汽车制造业,并因此而闻名,后来,在这座城市曾有过138家汽车制造商,虽然现今由于汽车工业的衰落给这个城市带来了诸多的问题,但历史的辉煌却不会为人们所忘记。建在这里的道路运输博物馆就是这种历史的一种反映。这家道路运输博物馆据说也是世界上收藏最多的交通博物馆,它拥有不同历史时期的230辆轿车和商用汽车、250辆自行车和90辆摩托车。这里,即使以最快的速度参观,没有3个小时也无法看完。幸而,我们在这里遇到了一位极其热心的、年长的工作人员,也许是看到来自遥远的国度的参观者,也许是被那位陪同我的朋友的魅力所征服,总之,正是在他的指引下,我们才没有遗漏这家博物馆中那些最重要的镇馆之宝。他还热情地做

与友善的老工作人员在 1897 年造的老爷车前合影

了解说，并真正地给予了我们某种超出寻常的、特殊的"最惠待遇"。

首先，他指给我们看一辆造于 1897 年的老式汽车，并打开引擎盖，展示这辆老爷车在发动时，如何需要用火柴来点火，并说此车现在仍能神奇地正常行驶。

其次，是带领我们参观可称为"英国一号汽车"的豪华轿车，现在

道路运输博物馆中收藏的一些老式自行车

在"英国一号汽车"中体会女王的感觉

的英国女王，当年曾在婚礼上乘坐这辆轿车。展出的这辆汽车背后的绘画背景，就是众人观看女王婚礼的场面。而且，他还专门挪开用以隔离参观者的绳障，打开车门，让我们坐上去体验一下乘坐此车的感觉，并帮助我们摄影留念。

最后，他带我们去看的，是世界上最快的"汽车"。一辆名叫"推力2号"，英国造，曾在1983年10月4日创下了每小时633.470英里的记录。而另一辆名为"推力超音速"的汽车，也是英国造，在1997年的10月15日又创造了每小时766.609英里（1019.44公里）的新纪录，是首次在地面突破音障的汽车，而且至今仍然是这一记录的保持者。它在2001年8月底才为这家博物馆所收藏，而几个月后，我们就有幸看到了这辆世上奇车。这两辆车都是采用喷气引擎推动，在设计中，还有曾为英国研制火箭的空气动力学专家参与。像这种汽车的制造，确实标志着人

世界上最快"汽车":"推力超音速"

类在技术发展上的无尽的想象力和创造力。当你第一眼看到它们时,你不禁会惊呼——事实上,我们的确惊呼起来:天呐,这哪里是汽车,这简直就是战斗机!

这一回,我们再次享受了特殊的最惠待遇:那位老先生打破不让参观者接触的常规,竟然移开屏障,让我们走上近前,仔细观看,甚至可以抚摸它们,并与它们合影。

回过头来,再看历史上那些形形色色的自行车展品,让人真有恍然隔世之感。

从技术的历史到发展的最前沿,你竟然都可以实实在在地感受到,甚至触摸到。有了这些经历,来考文垂真可谓不虚此行!尽管,这只是仓促的半日游。

附录

剑桥遇刘兵

刘 钝

5月底韬发英伦，行前先遣刘兵一魁，知其在剑桥还要滞留到6月上旬，想到"他乡遇故知"，窃喜。

刘兵还是老样子：红黑脸，透着油光，留得很长的头发似也向外渗油。刚从伦敦赶回来，由于自行车被盗了，来去脚板一阵风，看上去有使不完的力气。我说这半年缺了你，京城显得有些冷寂。刘兵闻此有些得意，回我说好像是有这么个说法，有人已经多次打听他的归期，以便风云际会再展宏图呢。

剑桥也还是老样子：学院与教堂，回廊与草坪，细雨中的古巷，河畔的金柳，河面上悄然荡过的平底小舟，沿河小径旁专心孵化后代的白天鹅——全然不顾行人驻足投来关怜的一瞥。李约瑟研究所的前厅摆着一个签名簿，瞧着眼熟，翻开一看上面还有自己的签名，时间是1992年2月，其时李约瑟博士还健在；最后一个签名的是台北故宫博物院院长杜正胜，时间是4天以前。所里的人说你再签一个吧，没有思索，留下"十年一觉康桥梦"7字。刘兵说我也来一个，大笔一挥——"梦刚刚开始"。

黑脸汉子刘兵，前途无量。

去年他获教委资助时就选中剑桥，但是需要一个学术机构作地保，大概是因为我同李约瑟研究所有一点学术上的联系吧，刘兵希望我能向彼方打一招呼。记得当时脱口而出"你去那里干什么？"事后觉得颇为唐突，盖有两段潜台词在心中作祟：一、刘兵的研究兴趣和治学理念似与"中国古代科学"这一传统多有抵牾，更适合的研修单位应该是科学史与科学哲学系之类；二、你小子名声在外，到哪里还不是横趟，如何需我"说项依刘"？无论如何，我还是给时任常务副所长的古克礼博士发去一函，特别说明"刘兵是本领域一位非常活跃的年轻科学史家，尽管他不专攻中国科学史，但他是 Hans Vogel 所编辑的《东亚科学技术与医学》的编委"。

　　刘兵依然好身手。半年不到的光景，不但每周五在李约瑟研究所的讨论班上搅局，同科学史与科学哲学系、东方系的女士先生们也都混了个脸熟，各个学院的讲座亦常见到他的身影。那天晚餐前一干人马在科学史家经常聚会的鹰吧等他，每人饮了两轮开胃酒他才姗姗来迟，一问原来是去了 Newnham 学院听 Collins 演讲，曲终后他向演讲人介绍其作品在中国的情况，惹得柯夫子竖起耳朵来听。Sivin 在 Whipple 开坛，上手让听众提问，以答问代替演讲，此等做派令吾侪小子瞠目结舌，唯有刘兵就 SCC 医学卷的导言捧他的场。同 Collins 谈勾勒姆，同 Schaffer 谈 SSK，同 Sivin 谈中国科学与医学，同 Lloyd 谈希腊哲学，吾国学界能有此本钱者实在屈指可数。不独如此，国内的索稿者追到剑河边来，刘兵却应付裕如，3 个月（每天仅投入部分时间）写完萨顿《科学的生命》之导读，人还没回去，那边书已杀青。更令人钦佩的是，通过对"李约瑟问题"的思考，刘兵对"中国科学史的编史学"又有新的认识。他曾以初稿示我，这里无暇细评，但其主导思想我是认同的。

我们一起逛了几次书店，三一学院对面的 Heffers，市场街的 Borders，西德尼街的 Galloway & Porter，评议厅附近的 CUP 门市部，刘兵楼上楼下串得如在自家一般。还有一些藏在老巷中的古旧书店，于他更是轻车熟路，进门同老板寒暄过后就直奔猎物。遇到有趣的书，我们先翻一下提要和目次，然后看价钱，几次听刘兵说——我在加州花一个美元买过一本，或者说——上个月我花五镑买了一本，不知是吹牛还是气我。英国书价肯定比美国高，剑桥尤甚，我又没有那么多时间，一般好书还是照价收下。不过有时却悻悻地忖度，"若吾三弟来，万马军中取上将首级犹如探囊取物"——近些年去过剑桥淘书可与刘兵比肩甚或胜于他的有一位，那就是吾乡汪前进，这里按下不表。

刘兵最大的优点是适应力强。"适应"（accommodation）这个词用在这里很重，它是利玛窦等一班耶稣会士，经过实践摸索出来的两大传教策略之一，可惜后来被罗马教廷搞坏了。国门开放以来，出洋成一时风气，论行状是箕风毕雨，论收获则乌鸡白凤。君不见，有将"某国博士后"印在名片和简历上而不能彼邦语者，有整日关在屋内依旧翻那从家里携来之老书的。前者志向本不在乎学问，故不足道；后一种人常见：找中国房东，读中文书报，看华语电视，进中国超市，买中国酱油，烧中国菜，旅游都要往中国团里凑——去国怀乡无可厚非，但辜负了大千世界万种风情，可惜。

缺少生活，理论苍白；没有文化，学问乏味。依我难免主观片面的个人观察，10 年来有机会赴剑桥研修科学史的十几位中国学子中，刘兵收获最大。

　　黑脸刘兵，不但熟悉剑桥的书店，也熟悉剑桥的饭馆和酒吧。这个以保持传统为荣的小城，在全球化的浪潮中竟也成了多元饮食（ethnicfood）文化的橱窗，希腊餐馆、土耳其餐馆、印度餐馆、泰越餐馆……刘兵如数家珍，看来他都撮过。世界杯开赛，英格兰 VS 阿根廷一战被目为死亡之组的生死战，两个冤家从福岛／马岛打到老马的"上帝之手"直至小贝遭暗算这梁子结老了，刘兵在酒吧里抢了个高台，一边吞云吐雾，一边体验英国式的足球疯狂。剑河撑舟本是大学生们的乐事，沾着水边的几家学院都有自己的码头，学院之外也有专供游客租用的船，价格则高出学院很多。刘兵得意地告诉我他已弓马娴熟，周日欲组织一伙人去 punt。那玩意儿我 10 年前摆弄过，船体细长且无桨，全凭一根长篙左右逢源—— 一竿子下去，深了原地打转，浅了能把你闪滑下去，遇到 Clare 桥这样的关口，往往四面都是船，撞个人仰马翻不足为奇。是日我途经大学图书馆，果然看见刘兵在草坪上坐等他的一彪人马，因有紧要约会无法凑趣，刘兵的武艺到底有多高这里就无从评判了。

　　李约瑟研究所的图书馆馆长莫菲特，家藏一批殊为珍稀的非洲音乐唱盘。他每周二晚上自带宝物到家门口的小酒吧当 DJ，我们两个刘伶的亲戚得以开眼。那是一个装饰极为简陋的酒吧，外间摆着一个球台和几架游戏机，里间是吧台和舞池，说是舞池其实也就是在桌椅之间留出一块空场，音响控制在斜对吧台的角落里，那设备之破在北京是绝对找不到的。音乐却从来没听过,揪人心肝撼人肺腑。我们到得早,刘兵酷了酒先给在那厢忙活的志愿DJ送去一杯,然后同邻座的两个黑兄弟侃起来,对面一对中年情侣大概瞅着这4位新鲜,一股劲地冲这边挤眉弄眼。8点过后来客渐多,白人居多,皆斯文相。但见一金发碧眼女郎,一通吻过之后开始收钱,原来此处是剑桥非洲俱乐部每周一次的聚会地,此淑女又是一位志愿者,会员一镑非会员两镑,所得用于捐助在剑桥读书的非洲留学生。支援过亚非拉后乐声骤变,狂野而激越,舞池中早已摩肩接踵,不知不觉中我酒过三巡,刘兵至少半打。

  刘兵的活力着实让人羡慕,勤奋也令人钦佩:写作、翻译、编书、授徒、上电视,还有应接不暇的社会活动,从超导史到编史学,从科学社会学到大众传播,从环保到女性主义,一身在不同的领域游走。这里顺带说点讨人嫌的话,在咱号称国家队里的个别同事,日子过得优哉游哉,成果没多少,公益事业不管,待遇却总嫌低,咱们实在应该学习刘兵的勤奋。当然你可以不喜欢刘兵的风格,可以批评他的观点,但是要对得起百姓赐给你的那份俸禄。

  人怕出名猪怕壮,刘兵也有不光鲜处。有好事者编出"哪里有科学哪里就有刘兵"的鬼话,那真正是在害他,无所不在那是个宗教概念。可惜刘兵有时也会被这类甜言蜜语蒙住,自己还真觉得是那么回事,书评竟爬上了《锦灰堆》。王世襄老先生玩了一辈子,那里面的道法深不可测,吾侪评点不异猪鼻插葱——装象。当然要不是下面一段文字,我也不会鸡蛋里挑骨头,刘兵兴趣广泛笔下生风,《锦灰堆》评得空泛终究没露大怯。下面的故事则与刘兵在英伦的访问有关,一并收在这里。

网上见到刘兵《大英博物馆点滴》一文，写于今年3月，是他利用一个周末到伦敦参观归来后的感想，最后一段提到馆中的中国收藏。容我录下再加批评。慕之深，词之切，望刘兵勿怪。

在《与外部世界的贸易》这一专题下，专门有一个展柜是关于中国古代的科学与技术的，就我匆忙浏阅的印象中，在大英博物馆的各种展区里，这似乎也是独一无二的。不过，在这里非常值得注意的是，在文字的介绍中，只是着重提及了中国古代的"三大发明"，即印刷术、指南针和火药的发明。介绍的原文先是引用了培根在《新工具》中的说法："印刷、火药和磁石。第一项发明在文献方面，第二项发明在战争方面，第三项发明在航海方面，这三项发明改变了整个世界的全部面貌和事态，并带来了无数的变革……"。在下面具体的介绍中，除了"三大发明"之外，也还提到了在中国水稻的培育对人口的迅速增长和国家财富的增加的作用，铁器铸造的早期发明使中国农民比欧洲早两千多年用上了铁制工具，高温烧窑技术使得瓷器的发展成为可能以及中国丝绸的生产依赖于劳动力的高度有组织和织机的发明等。由此看来，他们并不像我们在国内那样习以为常地将造纸包括在内统称中国古代的"四大发明"。国外学界在这方面的一般观点我不太了解，但至少在大英博物馆的看法中，是将造纸排除在外的。也许，这至少反映了一部分国外观点。我想，如果造纸真是由中国人最先发明，而且如果我们真想要彻底说服人家，让国际上公认"四大发明"，那么，中国科学史的研究者们还需要拿出更有力的证据和研究成果才行。要不然，就只好关起门来自豪了。

这真是一段奇妙文字，培根那一段磨出了国人耳茧子的话，直等到刘兵考察过大英博物馆之后才派上新的用场。只是由于培根没有提到或者他根本就不知道，只是因为大英博物馆没有陈列，中国人对造纸术的发明就被"排除在外"了。刘兵在国内率先介绍"辉格史学"，对于纠正历史学研究中观念主导写作的弊端做出过贡献。"辉格史学"在不同场合都有表现：在科技史研究中争"世界第一"算是一种；独立欧洲一隅傲视世界文明，这与以辉格党的价值取向书写18世纪英国历史又有多少区别？无论如何，大英博物馆的陈列与严肃的历史研究不可以划等号，刘兵以其陈列阙如来揶揄国人"关起门来自豪"的议论可谓风马牛不相及。至于"纸"和"造纸术"，学术上是有定义的，可供书写的材料不都是纸。中国人发明造纸，不但有确凿的文献记录，且有大量的、不断出土的实物证据，这一发明向域外传播的经过，中外纸史专家的论著汗牛充栋，这里不掉书袋。刘兵在指画别人"还需要拿出更有力的证据和研究成果才行"之前，最好先恶补一下这方面的知识缺陷。如果真以为鲁迅先生说的不是气头话——"中国书竟可不读"，我手边恰有一本洋人编的：Uta Lindgren, Europäische Technik im Mittelalter（Gebr.Mann Verlag, 1998），内中有一章 Paper Comes to the West，专讲中国发明的造纸术传到欧洲的过程。

刘兵的梦还长，周围又围着一班唱催眠曲的。我这里冷不丁地插进一个怪调，希望他能听到，但愿他今后的梦做得更圆、更美。

附记：此文的第一位读者是刘兵。他的反应是"很有趣，我喜欢"。同时他说："关于最后大英博物馆一段，也许你的批评之处并非我那篇文章想说之本意，但既然该文已在网上公开，而在你的阅读中有你在此文中所言之感觉，想来由于我的表述上的问题，引起同感的读者亦会有不少，因此，你如发表此文，亦有其纠正之意义。"这里我向刘兵的宽容大度表示感谢。

—— 此文原刊于 2002 年 10 月 30 日《中华读书报》

科学文化之旅丛书

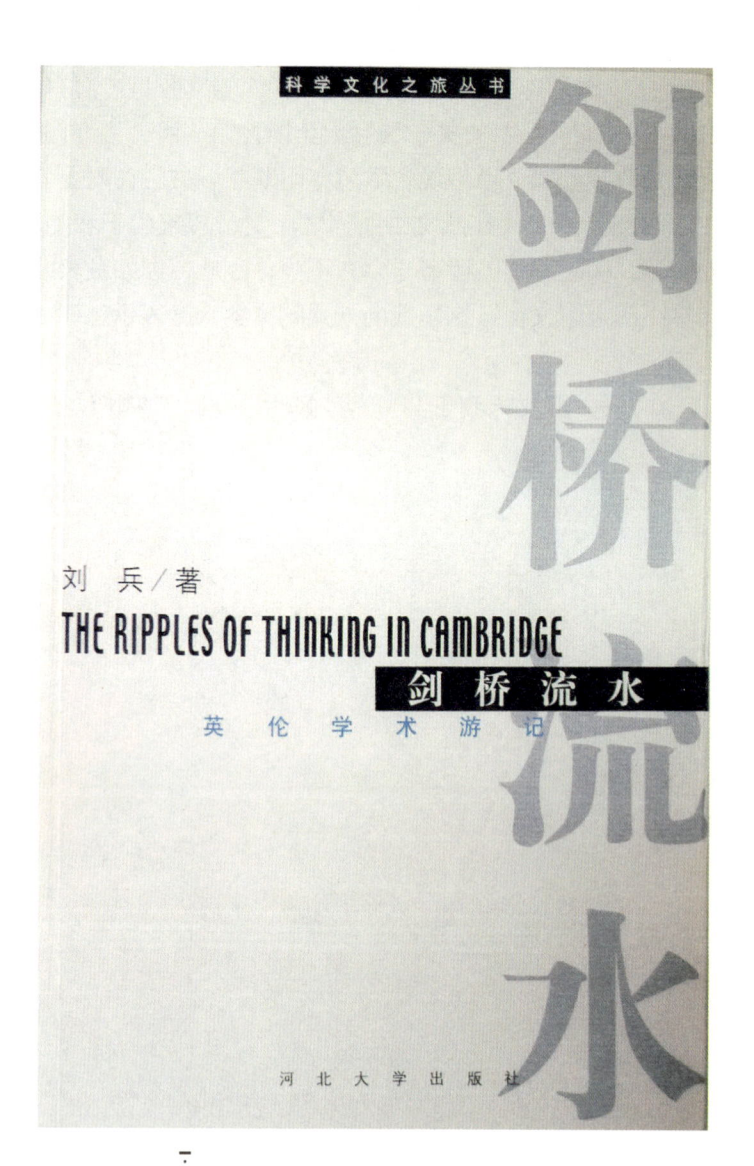

刘 兵/著

THE RIPPLES OF THINKING IN CAMBRIDGE

剑 桥 流 水

英 伦 学 术 游 记

河北大学出版社

《剑桥流水》原版封面

原版后记

在我去英国剑桥李约瑟研究所作为期半年的访问学者之前,河北大学出版社的几位负责人与我谈起一个选题意向,希望我能就在国外的一些经历和感受写一本类似于游记性的书。由于有了这个背景,使得我在英国的工作、学习和参观中,可以有意识地想一些东西。于是,在剑桥当我有些感想并有闲暇时,便随手写下了一些相关的文字,也拍了一些照片,并将它们传给了一些国内的朋友分享。在我回国后,又根据记忆补写了几篇。另一些当时虽有感想但未能及时写下,而回国后记忆已经不很清楚的部分,也许就永远地不会再重现了。而这些写成的文字,汇集起来,就成了现在的这本名为《剑桥流水》的学术游记。

关于英国的游记,已经有了许多种,在这里,我不想把这些文字写成普通的旅游记录或重复那些在常见的游记中已经被人说了许多遍的内容。我所选择的方式,是站在一种学术的背景意识中,从一些特定的视角,去看、去想、去写自己的印象和感受,而且,一个重要的选择标准是,所写的思考和记录,至少要在间接的意义上反映一种与广义的学术文化,特别是科学文化的关联,哪怕是较弱的关联。至于像那些纯粹属于风光或古迹游览的内容,像莎士比亚故乡、海滨城市布赖顿、历史名城巴斯以及伦敦和伦敦周围的宫殿、博物馆的旅游点观光等以及一些纯属娱乐的活动,则没有写在这里。

书名叫做《剑桥流水》,内容却不仅限于剑桥。限于时间和其他条件，我在英国时并没有特意去追求一定要走得更远，甚至连众人都说绝对值得一游的爱丁堡和苏格兰高地，也最终未能成行。不过，即使只在以剑桥为圆心半径不大的范围里，也还是有许多许多值得看、值得想的东西的。由于这些限定，这里所写的内容，显然不是什么重大的题材，相反，倒显得颇有些琐碎，因此，把书名中的"流水"二字理解为流水账也未尝不可。但是，在这些琐细的流水账中，也许还是多少包含了一些新的信息的。

在此，作者要感谢河北大学出版社的宫敬才社长、任文京总编和韩建民副总编的创意以及他们和该出版社为此书提供的出版机会，感谢本书责任编辑何屹女士的辛勤工作，也要感谢众多在英国和国内给我提供帮助、鼓励和支持的朋友。

也希望此书的读者能对作者因水平有限而在写作中表现出来的种种不足之处予以宽容和谅解。

刘兵

2002 年 11 月 18 日凌晨于北京清华园

剑桥的标志性建筑：国王学院

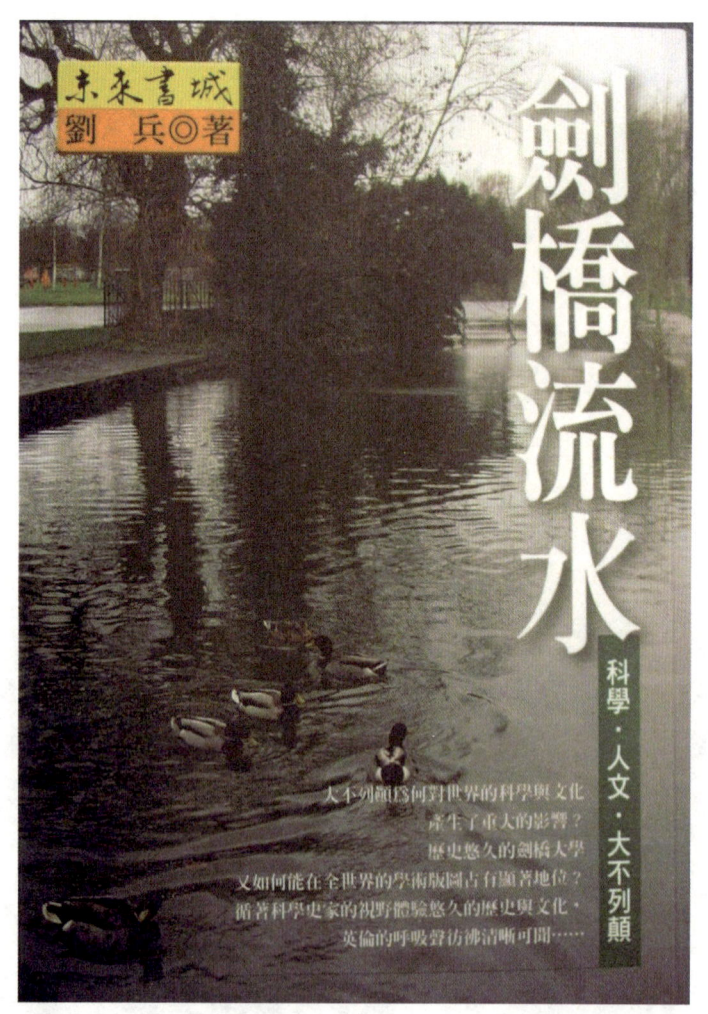

《剑桥流水》中国台湾版封面

中国台湾版自序

2001年底，我很幸运地有机会去英国剑桥李约瑟研究所作为期半年的访问学者。临行前，出版界的几位朋友与我谈起一个选题意向，希望我能就在国外的一些经历和感受写一本类似于游记性的书。由于有了这个背景，使得我在英国的工作、学习和参观中，可以有意识地想一些东西。于是，在剑桥当我有些感想并有闲暇时，便随手写下了一些相关的文字，也拍了一些照片，并将它们传给了一些国内的朋友分享。从剑桥回到北京后，又根据记忆补写了几篇。另一些当时虽有感想但未能及时写下，而回国后记忆已经不很清楚的部分，也许就永远地不会再重现了。而这些写成的文字和照片汇集起来，就成了首先由中国内地的河北大学出版社出版的《剑桥流水》这本学术游记。

这本游记出版后，引起了一些反响。除了许多评论性的文章之外，书中的一些文字和图片也被一些报纸、刊物转载，也被收入由他人选编的书中。我想，这也许是由于它不同于那些常见的游记，也不同于常见的科学普及或学术普及读物。现在，关于英国的游记，已经出版了许多种，在这里，我不想把这些文字写成普通的旅游记录或重复那些在常见的游记中已经被人说了许多遍的内容。我所选择的方式，是站在一种学术的背景意识中，从一些特定的视角，去看、去想、去写自己的印象和感受，而且，一个重要的选择标准是，所写的思考和记录，至少要在间接的意义上反映一种与广义的学术文化，特别是科学文化的关联，哪怕是较弱的关联。至于像那些纯粹属于风光或古迹游览的内容，像莎士比亚故乡、海滨城市布赖顿、历史名城巴斯以及伦敦和伦敦周围的宫殿、博物馆的旅游点观光等以及一些纯属娱乐的活动，则没有写在这里。

其实，虽然我以前也出版过许多专著和普及性的书，但以这种特殊的方式和风格来写作，却还是第一次，因此心里并不是很有底。但此书出版后的反响，终于逐渐消除了这种担心。后来，中国台湾未来书城总经理侯吉谅先生也注意到了此书，并瞩李传薇女士与我联系，希望能在中国台湾出版此书的繁体字版，这倒确实有些出乎我的预料，当然，我也很高兴此书能够在中国台湾出版。一方面，对于写书人，写出的作品可以让更多的人读到，这本来就是一件令人欣慰的事。另一方面，我亦将此视为对此书写作的另一种承认，尤其是，这也是我在中国台湾出版的第一本书，对于我个人来说，也有着特殊的意义，象征着一个新的开端。

在此，我想就书名再稍做些解释。还是在英国的时候，我就想到了这个书名。这个书名其实更注重的是一种微妙而且难以具体描述出来的意象和感觉。虽然叫做《剑桥流水》，书内容却不仅限于剑桥。限于时间和其他条件，我在英国时并没有特意去追求一定要走得更远，甚至连众人都说绝对值得一游的爱丁堡和苏格兰高地，也最终未能成行。不过，即使只在以剑桥为圆心半径不大的范围里，也还是有许多许多值得看、值得想的东西的。由于这些限定，这里所写的内容，显然不是什么重大的题材，相反，倒显得颇有些琐碎，因此，在最初想到这个书名时，还隐含了某种自嘲的退路：读者把书名中的"流水"二字理解为流水账也未尝不可。但是，面对如今太多的宏大叙事，琐碎也有琐碎的独特与价值。我以为，在这些琐细的流水账中，也许还是多少包含了一些新的信息和想法的。

当然，此书在中国台湾繁体字版的出版也将此书置于另一次考验，由另一不同的读者群来评判。我希望读者能够喜欢它，也希望此书的读者能对作者因水平有限而在写作中表现出来的种种不足之处予以宽容和谅解。

在此，还要再次对未来书城总经理侯吉谅先生、主编李传薇女士和责任编辑黄淑云女士表示感谢。

刘兵
2003年11月7日凌晨于北京清华园

NEW COLLEGE LANE

牛津的"叹息桥"

新版后记

转眼间,距《剑桥流水》一书初版问世已经有10多个年头了。到目前为止,此书依然是我所写过的唯一一本游记性质的书——尽管它在标题上标明的是"学术游记",也是在我出版了的图书中,最早被朋友们索要而尽的。现在,市面上已经很难再见到这本书了,而不时地,仍然有朋友会向我索要,或询问在哪里可以买到。因而,承蒙中国科学技术出版社愿意将此书再出一个新版,这实在是一件令人高兴的事。

在从此书初版问世到现在的10多年中,关于书,关于人,甚至关于剑桥(参见新版序),都发生了不少的事,有了一些新的变化。例如,关于书,此书出版后不久,中国台湾版也随即问世,接着,还获得了第14届中国图书奖。这是一个国家级的大奖,通常获奖的多为那些大部头、多卷本、主旋律的巨作,而这本小小的游记能够得奖,实在是有些出乎意料之外的事。若干年前,由于与一些人由于观点上的分歧而交恶(其实远远都不能说是什么学术性质的争论),网上甚至有说我此书中内容有剽窃之嫌的指责,其实只要不是带有预设的"有罪推定",只要认真地看过书中的文字表述,那些说法自然不攻而破,所以这里也就不再一一说明了。又如,关于人,在这10多年中,我的观点和立场也渐渐地发生了一些改变。现在在我的课堂上,我也经常向学生们表达这样的看法:作为从事研究工作的学者,其学习和研究过程,肯定是要修正和改变自己原有的一些观点和立场的,否则,如果花了那么多的精力,学习和研究了那么久,却对自己原有的想法没有影响，那岂不是白费了力气？而且，一个人的基础立场和观点，即使是在写作一本通俗性的作品时，也会不由自主地体现在其字里行间。现在再读这本书，我会既痛苦地发现一些现在再写类似文字时不会再用的眼光和立场，也会为自己的变化（或者说是"进步"？）而欣喜。

在这10多年间，也曾不止一次地有出版界的朋友问起是不是要出一个新版，由于我曾设想，倘若再有机会去英国去剑桥，更不用说再加上一些观念和立场上的改变，肯定会有许多新的、不同的发现，肯定会有不同的新写法。但那恐怕就不再是这本书，而会是全新的另一本书了。所以，既然在一直未有机会重访英伦和剑桥，也还未有充分的心理准备重新另写一本英伦游记的前提下，在这本书的新版问世时，我也就未做什么修改，而是基本上仍以它过去的面貌让它重生。这也可以算做保持一种历史的原貌而不做什么篡改的做法吧。

不过，在这一次的新版中，多少也还是有一些小小的改变，例如，请我的好朋友、剑桥李约瑟研究所东亚科学史图书馆的馆长莫弗特先生写了一个短序，将刘钝教授以前写的一篇散文"剑桥遇刘兵"（确实可以算是散文，因为此文当年还曾入选《2002年中国散文精选》）收入作为附录，因为他所描写的，恰恰是我当年在剑桥写作此书时的状况，放在这里，算是一种背景介绍吧。

在此，要向自初版以来众多关心此书的朋友们表示感谢，感谢在初版时河北大学出版社的副总编韩建民先生和责编何屹女士的工作，还要特别感谢在这次新版出版过程中中国科学技术出版社副总编杨虚杰女士的大力支持，感谢赵慧娟女士作为责任编辑的尽心工作，感谢高俊虹女士颇有创意的美编，感谢江晓原、田松和刘华杰教授为本书所写的推荐语。当然，最重要的，是要对那些过去的以及未来潜在的读者们能有兴趣阅读此书表示最由衷的谢意！

2014 年 11 月 11 日于北京清华园荷清苑

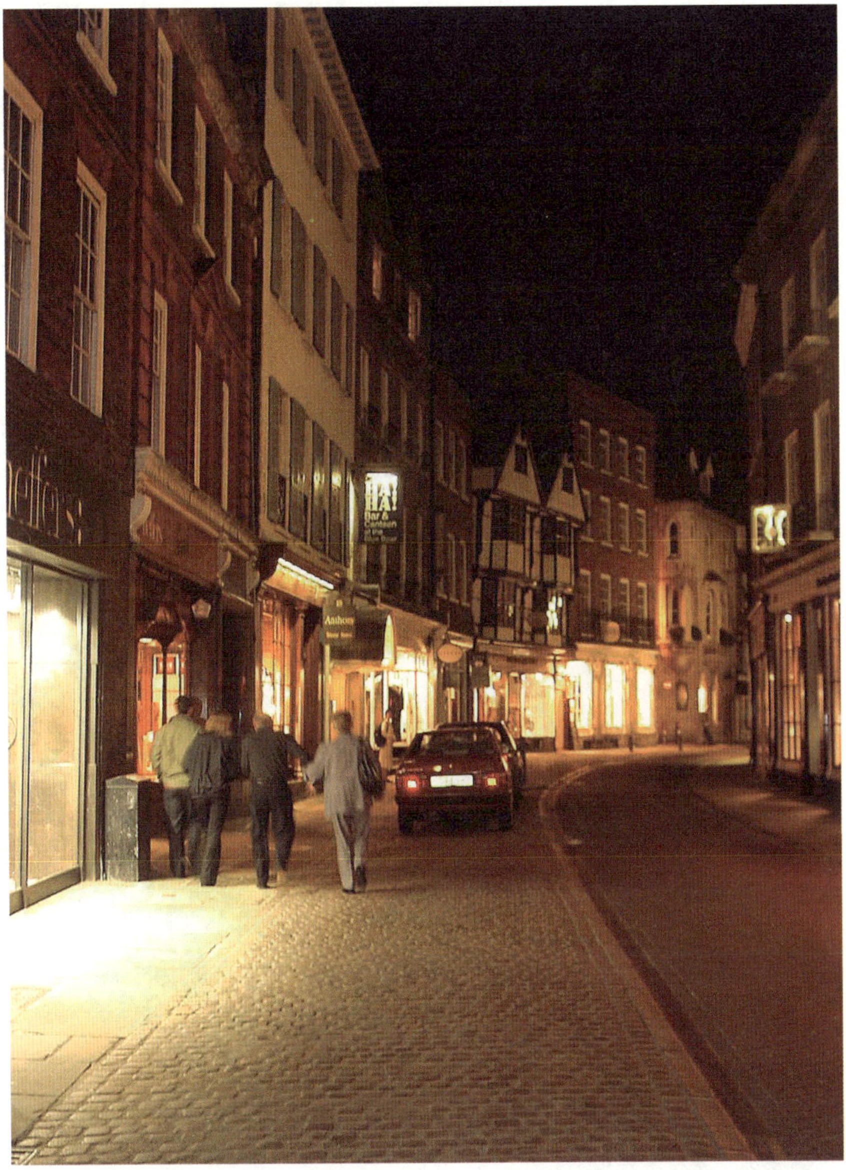
HA!
HA!
Bar &
Canteen
Anthony

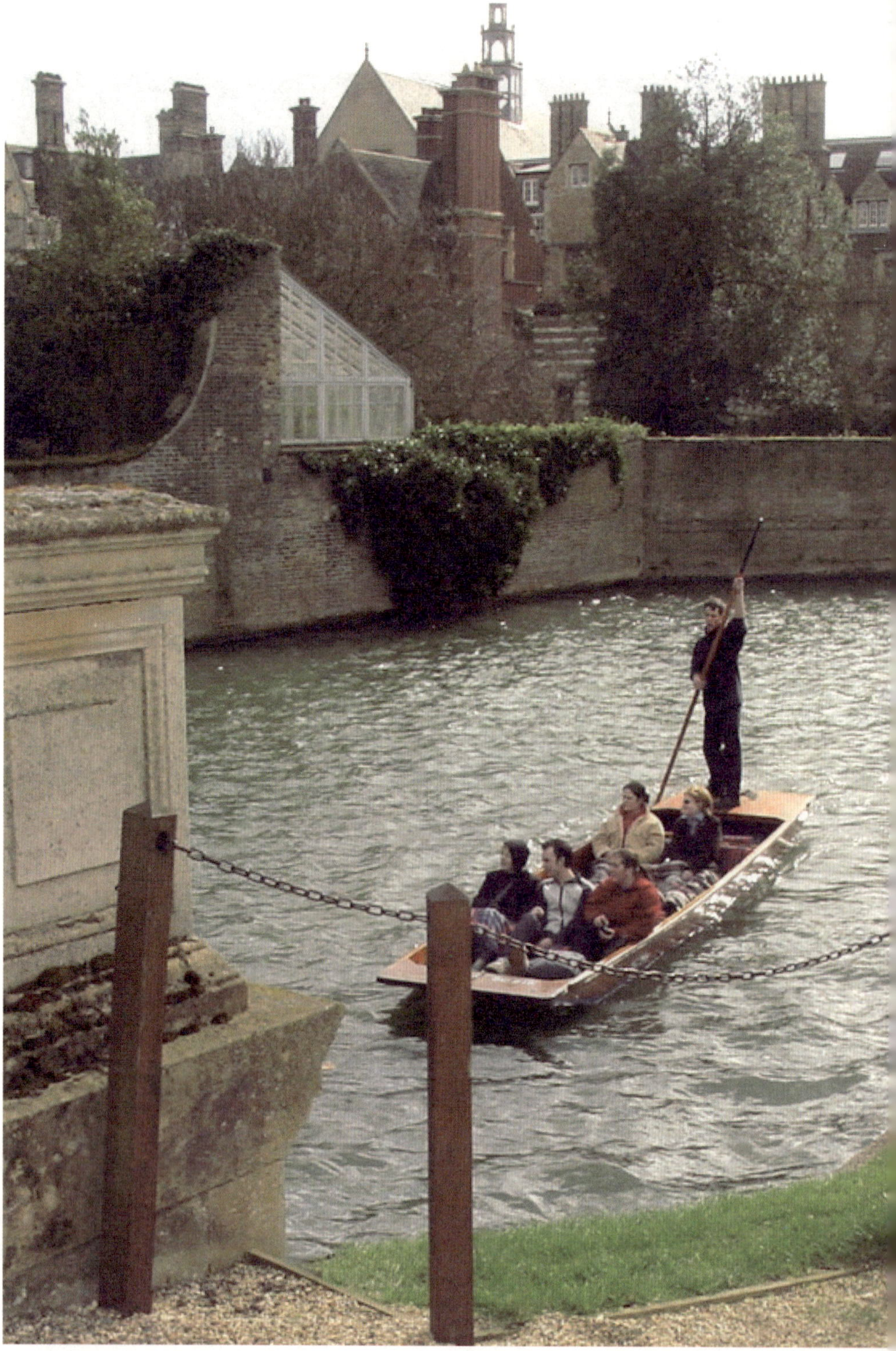

剑桥大学邱吉尔学院